La prueba de audición

Eliza Barry Callahan

La prueba de audición

Traducción de Rita da Costa

EDITORIAL ANAGRAMA
BARCELONA

Título de la edición original:
The Hearing Test
Catapult
Nueva York, 2024

Ilustración: «Luz del sol en la sala de estar IV», Vilhelm Hammershøi, 1910

Primera edición: noviembre 2025

Diseño de la colección: Julio Vivas y Estudio A

© De la traducción, Rita da Costa, 2025

© Eliza Barry Callahan, 2024

© EDITORIAL ANAGRAMA, S. A. U., 2025
 Pau Claris, 172
 08037 Barcelona

ISBN: 978-84-339-4806-9
Depósito legal: B. 8329-2025

Printed in Spain

Romanyà Valls, S. A., Verdaguer, 1
08786 Capellades (Barcelona)

Para D y M

Quiero saber más sobre la probabilidad.
Me calo la capucha.
Todo se vuelve más tranquilo.

PRÓLOGO

Desde que me alcanza la memoria, tengo la costumbre de leer las sinopsis de las películas y los libros antes de verlas o leerlos. El pasado mes de julio, una amiga rusa me recomendó una película soviética de 1967, *Lluvia de julio*. Dijo que había algo en ella que parecía apelarme directamente. Cuando le pregunté en qué sentido, se limitó a decir que «en general». Empecé a ver la película y me estaba gustando, pero me quedé dormida y nunca llegué a terminarla. Siempre me da por empezar cosas a las tantas...

Antes de ver *Lluvia de julio*, encontré una sinopsis traducida que decía:

> Los protagonistas de la película tienen casi treinta años, edad a la que es muy habitual vivir un periodo de revisión de las posturas desarrolladas hasta ese momento, revisión que se asocia a veces con el sentimiento de pérdida. La protagonista de esta película se halla sumida en ese proceso y tiene muchas cosas

sobre las que reflexionar. Empieza a comprender que su anterior apreciación de la superficie se le presenta bajo una luz distinta, más clara y afilada. Además, sufre la pérdida de quien fue la persona más importante de su vida, que se convierte en alguien distante, un extraño.

Le escribí a mi amiga para decirle que tenía razón, que la película parecía una réplica, un guion de los recientes acontecimientos de mi vida, dibujados ante mis ojos con pinceladas del tamaño de árboles.

Me descubrí atrapada en ese guion, entendido como derrotero o mapa, pero también como partitura: el acompañamiento musical de una imagen en movimiento. Ahora pensaba en ello, en cómo ese mapa podía ser lo que me muestra el camino, un recordatorio de dónde he estado o ambas cosas a la vez. No una representación de mi realidad, sino más bien su análoga. Pensaba en cómo fui llevando la cuenta de un año en el que me vi súbitamente expulsada de mi propia existencia, lo que me hizo descubrir que, para ver algo en toda su integridad, hay que estar íntegramente fuera de ello. Cómo di un largo rodeo alrededor de mí misma. Cómo lo anoté todo, los crudos e ineludibles hechos que conforman una circunstancia.

I

El 29 de agosto de 2019 debía viajar a Venecia para acudir a la boda de una amiga de toda la vida, una ceremonia íntima con tan solo diez asistentes. Mi amiga se casaba con un veneciano. Cuando me desperté esa mañana, noté un molesto zumbido en el oído derecho, acompañado de un sonido que solo se me ocurre comparar con el que haría una gran plancha metálica al zarandearla, como un trueno resonando sin cesar. Con una sensación de pánico contenido, me fui del dormitorio a la sala de estar, donde mi perrita negra me esperaba junto a la puerta y ladró nada más verme; pasaban escasos minutos de la hora de su paseo matutino. Ese ladrido, el primer sonido claramente externo que oía desde que me había despertado, me llegó distorsionado y distante. Cuando la llamé por su nombre me costó reconocer mi propia voz, como si alguien le hubiese subido el volumen y alterado el tono. Unos días antes había estado nadando en una playa de la península de Rockaway tras un fuerte aguacero estival y pensé que tal vez el agua de la ciudad hubiese invadido mis oídos.

Fui al médico enseguida, ya que esa misma tarde debía subirme a un avión. En la clínica de urgencias oftalmológicas y otorrinolaringológicas, una joven enfermera me inspeccionó los oídos. No, le dije, no me dolía en absoluto. Me explicó que todo se veía limpio y en perfecto estado de revista, algo que, añadió, no era buena señal. Tras someterme a una prueba de audición, el médico consultó unos gráficos y luego me miró a los ojos y dijo: Mala suerte. Ese fue su diagnóstico. Resulta que padecía sordera súbita. El término sonaba tan grave que, por un instante, rayó en lo cómico. El médico me dijo que había perdido la capacidad de distinguir los sonidos de baja frecuencia. Había una explicación para esa pérdida auditiva –algo había atacado el nervio situado entre el oído interno y el cerebro–, pero no para su causa. Ese incesante retumbar de un trueno, me explicó, era lo que pasaba cuando el cerebro intentaba sustituir las frecuencias que el oído no alcanzaba a percibir.

Me convertí rápidamente en sujeto de estudio. Me remitieron a tres especialistas que investigaban ese campo y que accedieron a hacerme un hueco en sus agendas a lo largo de los dos días siguientes, eximiéndome de honorarios y copagos. En el plazo de cuarenta y ocho horas, cada uno de esos especialistas me informó de que difícilmente me recuperaría del todo, si es que llegaba a recuperarme. En el peor de los casos, puntualizó uno de ellos, aquello podía ser el inicio de una hipoacusia degenerativa, que suele afectar a las personas de edad avanzada y que por lo general desemboca en una sordera profunda. La forma más sincera de silencio.

Hemos llegado a la Luna, me dijo otro médico, pero no al oído interno. Ese médico me propuso algo que denominó «intento de rescate», una intervención sin resultados positivos ni negativos demostrados. El intento de rescate consistía en aplicar anestesia local y emplear un instrumento parecido a una pequeña jabalina para perforar el tímpano. Una vez abierto ese orificio en la membrana auditiva, una aguja seguiría la trayectoria de la jabalina para inyectar esteroides en las inmediaciones de la zona afectada. Accedí a la intervención, que se realizó a la mañana siguiente, a la misma hora que la recepción de la boda en Venecia, coincidiendo con la puesta de sol. La madre de la novia me envió una foto de nueve sillas plegables en un patio con vistas al Adriático: «El espectáculo debe continuar...».

Por entonces acababa de mudarme a un apartamento con mi perrita negra. La casera, según averigüé, era una pintora conocida por sus obras figurativas, cargadas de simbolismo. Admiradora de Pierre Bonnard, se pintaba sobre todo a sí misma, y sus cuadros –óleo sobre lienzo– tomaban la forma de autorretratos convencionales y primeros planos fragmentados. Un crítico los había comparado con los relatos cortos de Chéjov. Al parecer, ese crítico era también amigo personal de la artista. Ella había vivido en el apartamento hacía treinta y cinco años, lo había usado como estudio durante cinco años más y llevaba diez sin pisarlo. Había contratado a un montador de documentales para que se ocupase del mantenimiento, mediase con los inquilinos y cobrase el alquiler. Ella no disponía de tiempo ni energía para goteras, cerrajeros y desagües atascados... El montador de documentales, que también había vivido allí como inquilino, me dijo que confiaba en comprar el apartamento algún día si la pintora cambiaba de idea y se decidía por fin a venderlo. Cuando quedamos delante del edificio para firmar los documentos necesarios, me dijo que, aunque hubiésemos formalizado el contrato y fuese a mudarme la semana siguiente, la casera quería entrevistarse conmigo por pura curiosidad. Añadió que era una mujer muy ocupada y no estaría disponible hasta después de la mudanza.

Cuando quedamos al cabo de un par de semanas, en un parquecillo a dos manzanas del apartamento, la casera me preguntó si la chimenea seguía estando en su sitio y a mí me hizo gracia que me preguntara eso sobre su propio apartamento. Le dije que no recordaba haber visto ninguna chimenea. Alguien ha debido de quitarla o tapiarla, dijo con gran suspicacia. Durante la entrevista no me preguntó nada sobre mí misma. Dijo que había pasado los mejores momentos de su vida en ese apartamento, antes de tener hijos, y que era una suerte que yo fuese menuda como ella, porque podría ducharme de pie sin problemas. Sugirió que fregara los platos en la ducha, separada por una puerta plegable de la cocina, donde había un fregadero que también hacía las veces de lavamanos. El agua sale con más presión en la ducha, y así matas dos pájaros de un tiro.

Me dijo que la luz del sur que bañaba el piso era especial porque quedaba perfectamente tamizada por los edificios que se erguían en distintos ángulos y alturas en el patio trasero. La luz directa es una auténtica lata, dijo, y añadió que la iluminación del piso era muy andrógina. El patio de vecinos al que daban las dos ventanas del apartamento era el mismo que salía en *La ventana indiscreta*, me informó. Hitchcock había tomado imágenes desde el tejado y los edificios circundantes para construir el decorado, que era una réplica casi idéntica de ese espacio. Lo más gracioso de todo, dijo, es que, cuando ella vivía allí, el conserje que había entonces asesinó a uno de los inquilinos. Le dije que el conserje actual parecía buena gente; ella repuso que era nuevo.

Luego añadió que las vistas desde nuestra ventana eran exactamente las mismas que tiene el protagonista de la película. Dijo «nuestra» ventana como si el apartamento fuera de ambas, como si viviéramos allí juntas. El caso, comentó, es que hay una réplica exacta de esas vistas en Hollywood, y más concretamente en Melrose Avenue, en algún rincón de los estudios Paramount, sepultada bajo una gruesa capa de polvo. Dijo que esa circunstancia le iba que ni pintada, porque era la clase de persona que se aseguraba de tener dos ejemplares idénticos de todo aquello que le gustaba, «por si acaso». Me reveló que tenía otra camisa como la que llevaba puesta en ese instante. Es como si esta manzana, este patio de vecinos, fueran una mancha de tinta húmeda en una hoja de papel doblada por la mitad: así había llegado al otro lado, a California. Este país es el auténtico test de Rorschach: en medio, solo hay una negrura ilegible. Ya lo verás... Lo único que nos queda es interpretar los márgenes.

Me dijo que en nuestro apartamento de los estudios de Hollywood había cañerías de verdad, seguramente mejores que las nuestras. Cuando nevaba, añadió, me daba por pensar que nuestro patio era la maqueta a partir de la cual se había construido el verdadero patio, y no al revés, y a veces me preguntaba si eso que parecía el sol no serían en realidad un millar de luces conmutadas.

Estábamos a principios de agosto y yo siempre dejaba la ventana abierta de par en par. Descubrí que, en el patio de vecinos, allí donde el asesino de la película cuidaba el parterre de flores en el que había enterrado la cabeza de su mujer dentro de una sombrerera, un corredor de bolsa con sobrepeso se paseaba de aquí para allá en línea recta con un micrófono de diadema por el que anunciaba a voz en grito la subida y bajada de las acciones, como si estas, al igual que las mareas, dependieran del ciclo lunar.

Al final de la entrevista, la casera me preguntó de qué trabajaría para sufragar el alquiler que ya le estaba pagando. Me preguntó si tenía un avalista. Le dije que yo era mi propia avalista. A lo largo del último año había dejado de trabajar como ayudante de un artista conceptual cuya carrera no acababa de despegar y, de un modo más bien accidental, había ido encadenando rodajes efímeros: publicidad, cortos de estudiantes, lo que fuera saliendo. Había ahorrado lo suficiente para pagar un año de alquiler. Nada ocurre de forma accidental, repuso ella.

Había compuesto la música para una película dirigida por un amigo mío, ambientada en el Oeste americano, sobre un adolescente que conoce a un hombre joven en un puesto de cerezas cuando este cruza su pueblecito en bici; el chico sigue al hombre hasta una zona de *cruising* en el Oregón profundo, se besan y luego el hombre se marcha. Mi amigo estaba enterado de que yo había recibido formación musical clásica en la infancia. Ese trabajo me llevó a componer la música para el anuncio de una empresa de pintalabios respetuosos con el medioambiente, y luego para una película sobre una chica que se convierte en pez después de comer un trozo de pescado que le ofrece un japonés en un tren con destino a la bahía de Cádiz. También participé en un corto sobre una joven que le cuenta al novio que su jefe la estuvo acosando la noche anterior al salir del karaoke y comprueba la incapacidad del chico para sentir algo más que celos. Recuerdo la música del anuncio para un fabricante de equipajes de lujo con sede en Colonia, conocido por sus maletas de aluminio ligeras, en la que solo empleé sonidos de trenes. Recuerdo una película sobre una pareja de jóvenes estadounidenses que, estando de vacaciones en Valparaíso, Chile, no logran decidir si siguen o no enamorados.

Le conté a la casera que, al principio, esa sucesión de trabajos efímeros me había tenido entretenida y que había agradecido esa distracción remunerada de lo que se me antojaba el enésimo aplazamiento de una vida real, de una carrera, de alcanzar mis metas, pero que con el tiempo empecé a debatirme entre sentimientos de paz y de resentimiento. Le dije que estaba atrapada en una temporalidad constante y que la palabra «temporal» había acabado perdiendo el reconfortante matiz de libre albedrío que tenía al principio. La casera me dijo que era una lástima. Dijo que la mayoría de las vidas transcurren por una larga vía de servicio paralela a la que deberían recorrer; la gente sale de la autopista para repostar y acaba en una carretera secundaria o se queda estancada trabajando en la gasolinera. Dijo que prefería las películas sin banda sonora, ya que el sonido puede cargarse una imagen. Se estaba haciendo de noche. Antes de irse me dijo que nunca me pusiera en contacto con ella de forma directa. Había eliminado todo lo superfluo de su vida, dijo, incluidas las interacciones innecesarias.

Durante las primeras semanas de pérdida auditiva, me dio por pensar en el concepto de azar, en lo devaluado e inabarcable de ese término, en su relación con el miedo. Anoté una cita sacada de un resumen de las *Historias* que el cronista griego Polibio (siglo II a. C.) empezó a escribir desde su cautiverio en una celda de Roma: «Cuando no se halla ninguna causa para acontecimientos como inundaciones, sequías, heladas o incluso descalabros políticos, es de justicia atribuir dichos sucesos al azar». Me pregunté por el sentido de esa locución adverbial, «es de justicia».

Empecé a hablar en voz alta conmigo misma para

asegurarme de que seguía conservando la capacidad auditiva que me quedaba. Era un ejercicio inútil, pero seguí haciéndolo de todos modos. Decía cosas como «¿Hola?» a intervalos aleatorios, como si alguien hubiese llamado a la puerta. Siempre podría oír mi propia voz aunque todo lo demás enmudeciera, pero ahora además la oía con mayor nitidez y, por algún motivo, mis pensamientos parecían haber aumentado de volumen. Me sentía más cerca de mí misma.

El fenomenólogo Husserl sugiere que, incluso cuando hablamos para nuestros adentros, debe de producirse algo parecido a un diminuto desgarro que nos divide internamente en hablante y oyente. En cierto sentido, ese desgarro te separa de ti mismo en el instante en que te oyes hablar. En alemán, «momento» o «instante» es *Augenblick*, que significa literalmente «parpadeo». Descubrí que ese diminuto desgarro se había vuelto imperceptible para mí.

Era como si el sonido que percibía no fuera el sonido en sí, sino más bien su imagen fantasmal. Y, como todo buen fantasma, solo se hacía notar cuando quería, de manera sutil, moviéndose por la estancia como un ente incorpóreo antes de desvanecerse poco a poco o desaparecer por completo. Sentada a la mesa del comedor, me di cuenta de que la calle ya no estaba donde siempre había estado, justo al otro lado de la ventana del salón, sino en la cocina. El rumor del tráfico parecía provenir ahora de algún punto cercano a los fogones y sonaba como un enjambre de abejas.

Quedé con una amiga en un pequeño restaurante español a la vuelta de la esquina, el mismo que frecuentábamos en grupo antes de que todos nos viéramos obligados a justificar cómo pasábamos las horas, uno de esos locales que siguen poniendo manteles blancos en las mesas y doblando las servilletas en forma de pequeñas pirámides. Tenía al camarero delante de mí, leyendo los platos del día, y sin embargo yo lo oía como si hablara a mi espalda. Mi amiga estaba de mal humor y se quejó de algún rifirrafe con su madre, una narcisista cuyo narcisismo se había visto exacerbado por un divorcio y un cáncer menor. No te entiendo, le dije. No tienes por qué entenderlo todo, replicó ella. A veces solo necesitamos que nos escuchen. No, quiero decir que no te oigo, le dije. Mi amiga se echó a reír para disimular su bochorno y pidió que se llevaran la paella; al parecer, sabía demasiado a pescado.

Mientras fregaba los platos, oía al vecino de arriba saltando a la comba. Ese vecino siempre estaba incordiando, pero sin acabar de cruzar la línea que separa lo molesto de la falta de respeto. ¿A las diez de la noche de un domingo?, pensé. Sin embargo, cuando cerré el grifo caí en la cuenta de que era el sonido de mi propio corazón lo que oía.

Al parpadear, oía el roce de mis propias pestañas, un sonido sordo y denso como cuando alguien deja caer la cabeza sobre la almohada. El parpadeo y el latido cardiaco sonaban en contrapunto, como si debatieran sobre la manera de dividir –interrumpir, herir– el paso del tiempo. Así. No, asá. El corazón es razonablemente fiable, mientras que el parpadeo es inconstante; cuando empecé a prestarles atención, casi todos mis parpadeos me sorprendieron. No veía en ellos un patrón discernible. Me pregunté cuál de los dos tendría la última palabra, ¿el parpadeo o el latido? Durante la noche, la palabra «temporal» vivía su Pascua y resucitaba. En los meses de septiembre y octubre, mi principal compromiso consistió en mover un coche de un lado al otro de la calle, concretamente los martes y los viernes. Me lo había dejado una amiga que se había mudado a Tesalónica tras enamorarse repentinamente de una mujer mucho mayor que ella que trabajaba para el Ministerio de Cultura griego. Su padre seguía pagando el seguro del vehículo, un Saab blanco de los noventa que podía arrancarse con un destornillador de estrella. Yo le tenía cierto apego porque era la única cosa, aparte de la perrita negra, que dependía de mí para algo durante esa etapa, y ese simple gesto –esa performance– me daba placer y consuelo. Cuando pasaba la barredora mecánica, me sentía como si yo hubiese orquestado su presencia.

El segundo martes de octubre me senté en el coche a la espera de la señal para entrar en escena y recordé que, cuando tenía unos diez años, me encargaba de cambiarle las marchas a mi madre mientras circulábamos por carreteras desiertas a las afueras de la ciudad. Una lección no de conducción, sino de oído, precisaba. Aquí, decía, no vale tener oído selectivo. Y recuerdo haber pensado que mi vida y la suya dependían de mi capacidad para traducir el sonido en acción. Tenía esa edad a la que una se da cuenta de que todo puede ser mortal.

El tercer martes de octubre, el coche se negó a arrancar. Cuando por fin llegó el mecánico, el hombre con las manos más grandes que he visto en la vida, me dijo que nunca confiara en nada que hubiese vuelto a la vida. Tú deshazte de todo lo que no sea de fiar, me dijo.

Me hice íntima amiga de la palabra «permanente». Cada día me sentía más permanente que la víspera. Lo que quiera que se hubiese fijado en la superficie del día anterior calaba más hondo al siguiente. Cada brizna de vida era su propio clavo, y Dios, un martillo traslúcido...

Por entonces había empezado a observar a una pareja que vivía en un piso al otro lado del patio: todas las noches se acostaban desnudos, uno encima del otro, y se quedaban inmóviles durante treinta minutos seguidos o más, con la luz del techo encendida, la cama perfectamente alineada con la ventana. Parecía casi una sala de interrogatorios con esa luminosidad fluorescente, pero la acción diaria de la pareja se resistía a la interpretación.

En Halloween, mi ex, un aspirante a cineasta que estaba a punto de mudarse a Los Ángeles, vino a decirle hola y adiós a la perrita negra que habíamos compartido y a dejarme un pequeño aplique eléctrico que no le parecía lo bastante excepcional para llevárselo a la otra punta del país. No nos habíamos visto desde que decidimos dejar de hablarnos, así que no conocía el apartamento. Dijo que la textura de las paredes le recordaba a Italia. Parecían enlucidas. Dijo que era perfecto para una persona. Dijo que me había crecido mucho el pelo.

Al asomarse a la ventana, presenció la rutina de los vecinos. Están haciendo *soaking*, dijo como si tal cosa.

Añadió que era una forma de saltarse los preceptos religiosos, que los mormones pueden practicar la penetración antes del matrimonio siempre y cuando permanezcan perfectamente inmóviles. De ese modo, Dios no se entera de nada. Tuve que pedirle al cineasta que articulara con claridad al hablar. Esa noche se me escapaban algunas palabras. Se sentó en el sillón blanco sin quitarse los zapatos negros, respirando.

Me contó que, siendo adolescente, había salido durante un verano con la hija de la segunda mujer de Marcel Marceau. Yo ya lo sabía, claro está. Por entonces, la chica acababa de romper con un mormón. A finales de los ochenta, la madre de esa chica, que también se dedicaba a la mímica, preparó físicamente a Roman Polanski para interpretar a Gregor Samsa en *La metamorfosis* de Kafka que se llevó a escena en el Théâtre du Gymnase. Ese mismo año participó como actriz en la película *Frenético*, dirigida por Polanski, dando vida a «la encargada de los lavabos». Esa mujer había ayudado incluso a desarrollar el concepto de Bip the Clown, dijo mi ex cuando ya se iba, y yo le di las gracias por la lámpara. Que te mejores, dijo.

Al cabo de un tiempo, Los Soakers se mudaron y fueron reemplazados por un gato y una mujer de mi edad que tenía un tic compulsivo. Se pasaba una mano por el pelo, lo levantaba hacia el cielo y lo retorcía con un rápido giro de muñeca. Siempre pensaba que ejercitaba algún músculo muy específico al hacer ese gesto tantas veces a lo largo del día, y me acordaba con nostalgia de los meses que había pasado con los soakers, aunque solo fuera porque ellos se habían marchado y yo me descubrí un día haciendo esa misma acción violenta con mi pelo.

Por las mañanas tenía una nueva rutina. Mientras tomaba un café descafeinado, pensaba en mi futuro profesional. Era incapaz de articular ningún pensamiento concreto, de modo que me limitaba a esbozar grandes conceptos generales. Pensaba en lo que aún me gustaría profesar. Pensaba en lo que ya no estaba a mi alcance y lo que sí. Pensaba en la lenta sangría de mi cuenta bancaria, como una gotera inadvertida: ¡trae la masilla! Pensé en hacer algo con la nada. Pensé en no hacer nada con la nada. Y, por último, pensé en no hacer nada con algo. Cada premisa llevaba aparejado su propio reto. Antes me encantaban los retos, pensé. Se me ocurrían variaciones de estos pensamientos mientras recogía pelos sueltos del borde del lavamanos, me untaba loción corporal, vaciaba la nevera de comida que se había echado a perder, comprobaba si había recibido algún mensaje de texto o me preguntaba qué debería estar haciendo —o habría estado haciendo— en ese preciso instante. Durante un tiempo, abría el correo electrónico esperando recibir una felicitación, una invitación o una carta de aceptación (aunque no me hubiese postulado para nada). Todo representaba otra cosa.

Se determinó que había que monitorizar de cerca mis funciones auditivas. El tratamiento era fruto de la improvisación, como el jazz o una comida que se prepara sobre la marcha con lo que haya en la nevera.

Cuando le pregunté al médico por los posibles resultados, me dijo que debía tener las mismas expectativas respecto al tratamiento que alguien envuelto en una aventura extraconyugal, es decir, ninguna. De ese modo, explicó, celebraría cualquier avance como una inesperada victoria.

En noviembre empecé a someterme a pruebas de audición semanales. Recibía una compensación económica a cambio de mi participación en el ensayo clínico, lo que alivió esa gotera constante que habría sido motivo de inquietud para mí de haber podido albergar otras inquietudes en ese momento. Nada más salir de la estación de metro, junto al anexo del hospital, se alzaba un bloque industrial que ocupaba toda la manzana. En lo alto había un gran letrero de JAULAS DE BÉISBOL JOHN'S rotulado en una fuente con serifa en negritas amarillas y, debajo, en letra fina: «Bajo la dirección de John Rodriguez, exjugador de las grandes ligas y campeón de la Serie Mundial, ofrecemos instalaciones para la práctica del béisbol a cubierto, con alquiler de jaulas de bateo, así como clases particulares de bateo, lanzamiento y fildeo». En un letrero adyacente, una gruesa flecha apuntaba hacia abajo. Desde la ventana de la sala de espera solo se veía la flecha coronada de nubes resplandecientes, como si el cielo estuviera descargando su contenido en la Tierra. Junto a esa ventana, dentro de la sala de espera, había un diagrama con el alfabeto de la lengua de signos que era, a la vez, un anuncio de la Escuela de Lengua de Signos Gotham: 212-570-0075.

Por entonces, las personas que me llamaban o escribían habitualmente –el círculo de amistades que había consolidado a lo largo de veintisiete años, con sus idas y venidas– pareció volatilizarse. Cuando algo se vuelve constante, deja de ser urgente. Solo mi madre y mi amiga de Tesalónica siguieron pendientes de mí, y me preguntaba qué clase de sufrimiento había llevado a esta última a empatizar con el mío. Por teléfono, las voces sonaban más atipladas, como si lo hicieran a través de una lata.

Una noche, cuando le devolví la llamada a mi madre para ponerla al día, me habló de una amiga suya que se estaba muriendo, una mujer que había venido a cenar a casa con frecuencia cuando yo era pequeña, e insistió en que la llamara antes de que muriese. Llámala por mí, dijo, hazlo por mí, insistió, como una madre, antes de desearme buenas noches. Al día siguiente, cuando llamé a su amiga moribunda, se puso al teléfono, pero me dijo que no podía hablar mucho rato porque tenía diarrea a causa de la quimio. Dijo que era espantoso que yo fuera a quedarme sorda a mi edad, y yo le dije que era espantoso que ella fuera a morirse a la suya. Se echó a reír y dijo que prefería morirse antes que quedarse sorda.

Le conté que todo había empezado a finales de agosto, el día 29, y dijo que era curioso, porque, ese mismo día, John Cage había presentado por primera vez su obra *4'33"* ante el público del Maverick, un pequeño auditorio al aire libre que quedaba cerca de su casa de Woodstock. Dijo que la coincidencia era una religión y que ella era agnóstica. En los años ochenta había pasado varios veranos seguidos trabajando como voluntaria en el Maverick. El gerente era un engreído, añadió, y aún hoy seguía huyendo de él como de la peste cuando se lo encontraba en la tienda de productos ecológicos. Esa fecha, el 29 de agosto, había quedado grabada a fuego en su memoria de tanto repetir el breve monólogo informativo con el que recibía a los visitantes, entre los que abundaban los artistas frustrados.

Llegados a este punto, se excusó y tardó un buen rato en volver al teléfono. Me contó que había estudiado la secundaria en un instituto privado y conservador de Virginia, solo para chicas, cuya directora había crecido en Centralia con Merce Cunningham. El bailarín visitaba la escuela a menudo y actuaba para las chicas, siempre acompañado de Cage: eran inseparables. Me contó que Merce había coreografiado una obra para ellas, y John compuso la partitura usando trozos de madera contrachapada que encontró arrinconados en el auditorio de la escuela: dibujó el pentagrama sobre los tablones y dejó que los nudos y vetas de la madera determinaran las notas de la partitura.

La amiga moribunda se refería a él indistintamente como Cage y John. Dijo que Cage solo concebía el silencio como un estado mental, algo que dependía de la intencionalidad. Ellas no eran más que un puñado de ignorantes colegialas sureñas, pero entendían lo que él les enseñaba, me aseguró, porque todo lo que Merce y él decían y hacían tenía sentido, y fue entonces cuando decidió ser bailarina, mudarse a Nueva York, etcétera, etcétera. Me dijo que, según John, el silencio no es sino todo aquello que decidimos ignorar y excluir, y que él dejaba un espacio vacío en la música para mostrar al oyente que en realidad no estaba vacío, sino tan solo sujeto a los caprichos del azar.

La amiga moribunda se había mudado a Nueva York para unirse a la compañía de Cunningham como suplente, pero su carrera en el mundo del baile nunca llegó a despegar. Dijo que era una extraña casualidad que hubiese acabado en Woodstock tantos años después. Dijo que ese día, cuando John habló con ellas, les contó lo de la actuación en el Maverick.

Me dijo que, ese día, el músico colocó la partitura sobre el piano y sacó un pequeño reloj del bolsillo. Luego levantó la tapa de las teclas y miró el reloj. Entonces empezó un baile con los ojos, mirando ora al reloj, ora a la partitura, como si midiera el paso del tiempo. Cuando habían transcurrido treinta y tres segundos, abrió la tapa del piano, momento que señalaba la conclusión del primer movimiento. Luego la cerró y reanudó el vaivén de los ojos entre la partitura y el reloj, esta vez durante dos minutos y cuarenta segundos. Para el último movimiento, que duró un minuto y veinte segundos, me dijo que Cage repitió la acción y luego abrió el piano, recogió el reloj y la partitura, se puso en pie y abandonó el escenario.

Dijo que John había dispuesto un marco temporal en torno a una serie de momentos consecutivos, obligando al oyente a escuchar lo que quiera que sucediese alrededor de esos momentos, dentro del marco temporal. Dijo que solo cuando dirigimos la atención al marco recordamos su finalidad: excluir, crear un interior y un exterior. Al mismo tiempo, dijo, Cage estaba huyendo del marco preexistente. El intento de escapar del marco solo lleva a su expansión, con lo que acabamos metiendo una mayor porción de vida dentro del marco artístico.

En cierto sentido, se parece a los *ready-mades* de Duchamp, comentó. Ya me entiendes, dijo. En realidad, John nunca hizo alusión a los *ready-mades*, pero sí a la pintura sobre vidrio de Duchamp. A través de la obra se ve lo que no está en la obra, lo que queda más allá de esta, allí donde no tienen cabida el espacio ni el tiempo vacíos... Se interrumpió súbitamente, tenía que colgar. De verdad que no podía seguir hablando, pero esperaba que se produjera un milagro, para una de nosotras o para ambas.

No era demasiado tarde, las diez de la noche, así que me puse a fregar los platos. Últimamente me había acostumbrado a hacer té y no bebérmelo. Pequeñas ciénagas que se iban multiplicando por todas las superficies del apartamento. Cuando me quedaba sin tazas, las recogía y dejaba que el ciclo volviera a empezar. Saqué a la perra de paseo y dimos tres vueltas alrededor de la manzana. A menudo volvíamos a casa sin que hubiese hecho sus necesidades, porque se distraía con las ratas o porque estaba estreñida, algo sorprendente en vista de la naturaleza repetitiva de su dieta y rutina diarias. Ahora llevábamos vidas más similares. Una vida de perro. Ella parecía interesarse cada vez menos por mí.

Cuando llamé de nuevo a mi madre para decirle que había cumplido su deseo, me dio las gracias. Le pregunté si había estado en el Maverick, puesto que en los ochenta había vivido en Woodstock mientras trabajaba como veterinaria equina para las granjas del condado de Ulster. Me dijo que había estado allí en una sola ocasión y por pura casualidad, cuando la llamaron en mitad de la noche para que visitara de urgencia una hípica, propiedad de un conocido capo de la mafia, donde había un caballo en apuros, aquejado de fuertes cólicos.

Mi madre había visitado la hípica en dos ocasiones para llevar a cabo visitas de rutina. Tenían nueve caballos de tiro de la raza Clydesdale y un purasangre árabe negro. Sin embargo, desde su última visita, el mafioso con el que entonces había tratado directamente había salido en la portada del *New York Post* y sus dos hijos gemelos estaban ahora al frente de la hípica. Me dio por pensar en Laocoonte y sus hijos gemelos. Mi madre me contó que solía haber operarios trabajando en los postes telefónicos al final de la carretera, y que ella siempre había dado por sentado que eran agentes del FBI o personal subcontratado por la agencia.

Esa noche, cuando se presentó en la hípica a las tres de la madrugada, salieron a recibirla dos hombres trajeados y armados con revólveres pequeños que la saludaron con marcado acento del sudoeste de Brooklyn: Buenas noches, señorita. Luego la llevaron hasta los hijos del mafioso, que lucían chándal de chenilla y pobladas cejas negras. La guiaron bordeando un edificio de piedra, alumbrándose con linternas eléctricas, hasta el cercado donde el purasangre árabe yacía sobre un costado. No va a morir, ¿verdad?, preguntó uno de los gemelos. Ella les dijo que en esos casos puede producirse una torsión del intestino y que, si eso pasa, el animal entra en un estado comatoso. La única manera de evitarlo era obligarlo a moverse sin parar durante varias horas. Los dos hombres no podían dejar que se les muriese el caballo estando bajo su responsabilidad y le ofrecieron una generosa tarifa por horas para que se quedase toda la noche con él y se asegurase de que sobrevivía. Mi madre no tuvo más remedio que aceptar. Es una mujer preciosa con el pelo negro liso, de complexión menuda, fuerte y delgada. Como un purasangre árabe, a su manera. Me dijo que pasó la noche en vela, paseando al caballo del mafioso por el campo, trazando ochos. Siguiendo sus pasos, a unos quince metros de distancia, iba uno de los secuaces armados, que no despegó los labios en toda la noche. Cuando se acercaron al otro extremo del cercado, mi madre creyó oír un silbido que sonaba casi como el viento, aunque esa noche no soplaba aire. Reparó en unas luces arracimadas entre los árboles. El cercado se extendía sobre una colina y llegaba hasta la linde de la propiedad. Según se acercaba a las luces, mi madre comprendió que lo que había oído eran flautas sonando al unísono y vio al público de espaldas, en bancos de madera vueltos hacia un escenario cubierto por una estructura de madera con tejado holandés. Sobre el escenario había más de veinte músicos, y una pancarta colgada de una de las vigas anunciaba el MARATÓN MUSICAL DE BANSURI EN HONOR A PANNALAL GHOSH, un concierto que se celebraba una vez al año y duraba veinticuatro horas. Siguió paseando al caballo en círculos al son de las flautas hasta que amaneció y el secuaz se detuvo a quince metros de ella, apoyado en un árbol. Me dijo que el caballo había sobrevivido y que, al volver a casa esa mañana, cayó en la cuenta de que la propiedad del mafioso lindaba con el Maverick.

Me preguntó qué había hecho para cenar (pescado blanco) y volvió a darme las gracias por llamar a su amiga moribunda. No tardará en morir, dijo, como una profetisa. Cuando eras pequeña, le gustaba bañarte, añadió, y colgó. Para entonces ninguna voz me resultaba familiar, pero las distinguía por la cadencia de una frase. Las suyas habían sonado como preguntas.

Empecé a notar eso que suele pasar en los trenes o los coches, la típica sensación de estar inmóvil mientras te mueves. Empecé a llevar la cuenta de cada pequeño detalle, como si fueran las pistas de un misterio, en una libretita de tapas negras. Hice una lista con lo que había comido ese día (arándanos congelados, espinacas baby, fideos de arroz, pan), las llamadas telefónicas que había hecho (dos), la ropa que me había puesto, las pastillas que había tomado.

Me llegó un mensaje de correo electrónico en el que me preguntaban si estaba disponible para un encargo, componer la música de una película sobre la súbita desaparición de una joven que está estudiando en el extranjero, concretamente en Hokkaido: querían sobre todo carillones, instrumentos de viento, campanas. No, me temo que ahora mismo no puedo, estoy demasiado ocupada, contesté. Me fui a la ferretería a comprar protectores auditivos de los que se usan para manejar herramientas eléctricas con la esperanza de controlar el silencio. Había recibido por correo postal el primer talón de pago por mi participación en el ensayo clínico. Dejé de comprar todo lo que no fueran comestibles y artículos de higiene. En octubre invertí en un buen pantalón negro de lana japonesa de segunda mano y un conjunto de cinco bragas nuevas de algodón liso negro. De vez en cuando, compraba alguna entrada para el cine. Llevaba la cuenta de todo en la libretita negra...

Justo cuando me estaba metiendo en la ducha, me llamó mi amiga de Tesalónica. Ya me había desnudado. Para ella era muy temprano, para mí era muy tarde. Me preguntó cómo estaba. Siempre me llamaba aprovechando algún desplazamiento, de modo que solía haber mucho jaleo de fondo y también viento, lo que resultaba especialmente molesto por teléfono.

Le dije que estaba convencida de que la evidente desdicha que sentía era una revancha por una niñez a todas luces feliz. Le dije que me preguntaba a menudo qué preferiría si me dieran a elegir, como en los menús de las compañías aéreas: si ser feliz de niña o de adulta. A bote pronto la respuesta parecía obvia, pero cuando me detenía a pensarlo ya no tenía tan claro cuál de las dos escogería. Ella me dijo que tenía que colgar, pues acababa de ver como un coche azul atropellaba a un perro.

En las semanas siguientes, la apatía se trocó en una especie de serenidad. Como si me tomara un descanso de los impulsos que por lo general me movían. La esterilidad de mi paisaje cotidiano hacía que las cosas lejanas se me antojaran recientes. Unas vacaciones en Centroamérica, un máster, el trabajo, el amor que había sentido, incidentes, accidentes, las naderías que conforman una vida. Había cambiado las notas del pentagrama por las notas de la libretita en la que llevaba la cuenta de esas menudencias, como quien anota una partitura. A veces me olvidaba de que estaba enferma porque la mía era una enfermedad sumamente limpia. Inodora. Eficiente. Muda. Adiós al alcohol, la cafeína, el chocolate, las setas, la sal, la carne, los lácteos. Órdenes del médico.

Después de la siguiente prueba de audición, mientras me encaminaba a la estación de tren, descubrí que las jaulas de béisbol John's ocupaban toda la planta baja del edificio coronado por el letrero y la flecha amarilla que apuntaba hacia abajo. Imaginé una serie de cámaras insonorizadas en su interior, como las salas de oración de los aeropuertos. De camino a la estación, distinguí a través de los bloques de vidrio de la fachada cuerpos menudos que lanzaban y cogían pelotas al vuelo y las imaginé como pequeños silencios, puntos blancos de nada que surcaban el aire. En ese instante tuve claro que lo que más temía era perder las variaciones del silencio. Tuve claro que el temor era el marco de mi cuerpo. Y tuve más claro aún que temía no ser capaz de ver a través del cristal, por así decirlo.

Mi amiga de Tesalónica me mandó un mensaje en el que decía que el perro del accidente había muerto. Dijo que siempre le tocaba presenciar accidentes, que era testigo habitual y fortuito de toda clase de percances. ¿Cómo definirías un accidente?, le pregunté. Horas después me contestó que definiría un accidente como algo paciente..., un apéndice del aire, como un gas que flota y se adhiere a un sentimiento y luego se transforma en una bolsa de ladrillos invisibles. El azar consiste en cómo se caen los ladrillos y cómo interpretamos su caída... Le contesté que en mi infancia feliz había habido interludios de desdicha relacionados de forma inextricable con «un desmoronarse de ladrillos». La niñez es un estado penoso que todos tenemos en común, repuso ella.

Era casi diciembre y yo había empezado a darme cuenta de que la palabra «silencio» me buscaba desde las páginas impresas y las frases dichas de viva voz. Quería acaparar mi atención en una especie de desesperado flirteo. Empecé a fijarme en patrones sencillos y corrientes en torno a esa palabra, como que a menudo se empareja con adjetivos como «absorto», «contemplativo», «persistente», «expectante». Que también acostumbra a ser «clamoroso». Que con frecuencia viene precedido del verbo «guardar». Que la arquitectura del silencio es la mirada. Que el silencio se produce sin transición. Que el silencio se presenta disfrazado de herida.

Me sentaba en la salita de dos metros y medio por tres al final de cada día, cuando la sangre se agolpaba hacia dentro dejando las paredes pálidas como uno de los lienzos de Hammershøi que retratan su piso del número 30 de la calle Strandgade y que parecen preguntar: ¿cómo puede una estancia albergar por sí sola el temor a pasar «inadvertido a ojos de Dios en esta casa inmensa»? Me subí la dosis de prednisona.

El cineasta me escribió para recomendarme una película que ponían en el centro, en un pase único que formaba parte de un ciclo. No estaba demasiado acostumbrada a hacer cosas yo sola –ir al cine, cenar en un restaurante, ir a comprar–, de modo que empecé a quedarme en casa, lo que hacía que la soledad resultara tolerable y a veces me permitía incluso olvidarla por completo. La película era sobre un viudo cuya hija se dispone a casarse y abandonar el hogar paterno. Unos hombres conversan en distintos bares sobre la experiencia de la pérdida y la guerra mientras toman sake. La película es japonesa y, para su estreno en Estados Unidos, se cambió el título original por otro que hacía alusión a un tipo de caballa, un pescado insípido que se come en otoño. En la película no se habla en ningún momento de caballa ni ningún otro pescado, pero la cinta pretendía transmitir una atmósfera sutil y delicada como su sabor.

Había muchas secuencias que parecían naturalezas muertas, primeros planos de objetos. A menudo, esos planos venían de tres en tres, arropados por la música. Era martes, el primer día realmente frío del invierno, y había una amenaza de nevada que no llegó a materializarse. Al salir del cine, cogí el metro para volver a casa. En mi vagón había una mujer con una carrera en la parte de atrás de las medias que dejaba a la vista un trozo de piel desnuda: un pequeño silencio había roto su disfraz. Se aferraba a la barra metálica con una mano y a un bolso de charol rojo con la otra mientras miraba por la ventanilla con ojos soñolientos. Muchos pasajeros observaban el desgarrón sin disimulo, unos por lástima y otros por morbo, o incluso ambas cosas a la vez. Y entonces lo vi: un silencio vulnerable a algo más que al sonido.

Más tarde, ya en casa, bajo las mantas, mientras el viento zarandeaba las ventanas, decidí que el silencio es tener demasiado tiempo entre las manos, ahora que no tenía nada que hacer aparte de vivir. El silencio es cuando alguien dice «¿Sabes qué?, mejor no vengas» y tú contestas que ya estás ahí, esperando abajo.

Cada día era un ejercicio de incredulidad y me despertaba con el deseo de sentirme restaurada. ¿Qué pasaba durante la noche? Siempre me decepcionaba comprobar que no había habido ningún cambio a mejor. Siempre que llovía, recordaba el sonido de la lluvia repiqueteando sobre el aire acondicionado.

Por las mañanas pensaba a menudo en algo que mi madre me había dicho en cierta ocasión: entre sus conocidas, las mujeres que se declaraban más ajetreadas eran las que no trabajaban fuera de casa. Tareas sencillas como cambiar una bombilla, hacer llamadas telefónicas, rellenar formularios o pedir hora para el dentista, que las mujeres trabajadoras se ven obligadas a encajar como pueden en su día a día, se convierten en una odisea para las amas de casa. Pensé: ahora yo soy una de esas mujeres ajetreadas.

De camino a la siguiente prueba de audición, coincidí en el vestíbulo con la vecina de abajo y le sujeté la puerta para que pasara. Cambiaba de maquillaje y peinado a menudo, por lo que el color de los ojos parecía ser la única constante. Su pintalabios desafiaba el contorno de la boca, como si quisiera redibujarla a voluntad: un estudio topográfico de la cara. El saltador de comba me contó que había trabajado como bailarina en el Bada Bing!, el club de striptease de Nueva Jersey que aparecía en *Los Soprano*. La vecina estaba sacando cajas a la calle, trasladándolas de una en una, y me dijo que quería hacerme una propuesta. Me acompañó hasta la acera y me dijo que andaba inmersa en un proceso de liberación material, por lo que me sugería que usara su trastero a cambio de un alquiler razonable. En el edificio solo había estudios y apartamentos de una habitación, ninguno de los cuales tenía armarios empotrados.

Me dijo que su trastero no era más que un mausoleo donde guardaba los recuerdos de sus dos galgos italianos –S y M–, que habían muerto con escasos días de diferencia. ¿Qué quedaba de ellos? Los juguetes, prendas de vestir y otros objetos que los evocaban, como barreras de seguridad extensibles; me contó que nunca había tenido hijos porque detestaba a su madre. Cuando los perros jugaban entre sí, me dijo, se perseguían el uno al otro en círculos hasta acabar formando una preciosa esfera plateada que parecía suspendida en el aire. Como el horizonte de sucesos de un agujero negro. De vez en cuando se peleaban con saña, como buenos hermanos. Todos hemos estado a punto de matar a alguien, dijo. Es lo que tiene estar vivo. Entonces pensé en la mujer cuyo perro matan en el patio de vecinos de *La ventana indiscreta* y que grita en plena noche:

«¿Lo han matado porque era cariñoso?». Pensé en ese perrito inerte, al que suben en un cesto de mimbre con la ayuda de una polea.

Le dije que era hija única. Ella replicó que no hay nada único. Que yo era tan solo el elemento que había sobrevivido al paso de lo no físico a lo físico. Que formaba parte de un *continuum* de hijos que eran las distintas versiones de mí misma creadas por mis padres. Me dijo que ella y otro inquilino de la segunda planta sospechaban que yo era una famosa actriz. Que él le había dicho que yo le sonaba de algo, que me había visto por ahí. Que me hacía la modesta. Que mi apartamento era una especie de picadero y por eso nunca me veía por el barrio. Que era muy celosa de mi intimidad y evitaba llamar la atención. Dijo que le recordaba a Jacqueline Onassis de joven, pero con la frente más pequeña y más vida en los labios, y también a la hermana de su cuñada, que se dedicaba a la orfebrería hasta que tuvo un aneurisma. Cuando le dije que no era actriz, no me creyó.

Me dijo que ella también era actriz, pero que se había retirado para poder cuidar mejor de sus perros. Le encantaba actuar, pero no a las órdenes de hombres. Se había dado cuenta de que, al fin y al cabo, la vida estaba para disfrutarla, y que la mayor parte de la gente no se permitía hacerlo porque ignoraba que era libre. Sus primos de Grecia pedían préstamos para irse de vacaciones, me dijo. Ellos sí entendían el valor de la vida. En Grecia, hasta los pobres tenían segundas residencias en alguna isla. Su economía estaba como estaba porque los griegos priorizaban el hedonismo. Me aclaró que se consideraba más dionisiaca que apolínea. Que era griega por matrimonio, pero se consideraba una siciliana trasplantada a Nueva Jersey. Me dijo que se estaba formando como coach personal.

Me pidió que no comentara con nadie más la oferta del trastero, pues su vecina de arriba le había pedido muchas veces que se lo alquilara, pero yo, a diferencia de ella, le parecía la clase de persona que se lo devolvería si algún día cambiaba de idea. Me comentó horrorizada que sospechaba que la tal vecina se dedicaba al marketing. Dijo que se sentía atraída por gente a la que le costaba mantener relaciones estrechas. Pretendía que yo, además de adelantarle los quince dólares de alquiler mensual de todo un año, le dejara quedarse con una llave del trastero. Me dijo que podía fiarme de ella. Que, si alguna vez se veía obligada a esconderse, se metería allí. Que era imposible encontrar a nadie allá abajo. Que siempre había que andar buscando y coleccionando escondites. Nunca se sabe cuándo los necesitarás, dijo. Yo llegaba tarde.

En la sala de espera, me llamaron por mi nombre y seguí al audiólogo por un pasillo blanco. Se detuvo ante una puerta negra cubierta de notas y dibujos infantiles en torno a una placa con la inscripción DR. ROBERT WALTHER – AUDIOLOGÍA. Días antes había estado leyendo en la cama un libro titulado *A Little Ramble*, escrito por un grupo de artistas visuales en torno a la obra de Robert Walser, autor que los artistas parecen creer que les pertenece en exclusiva, como si fuera un secreto que deben custodiar, para bochorno de muchos. En esa recopilación de textos hay extractos de conversaciones entre Walser y Carl Seelig, un amigo que iba a verlo a menudo al sanatorio mental donde pasó las últimas décadas de su vida. Daban largos paseos juntos por Appenzell.

En uno de esos textos, Seelig recuerda haber paseado con Walser por Gossau, donde presenciaron una procesión de monaguillos que cruzaban el campo ataviados con mantos rojos, «relucientes como geranios». Desde Gossau, los dos hombres viajan hasta Oberbüren y, finalmente, llegan a un sendero arbolado que se bifurca, donde Walser insiste en tomar el camino de la izquierda: «El camino derecho conduce a menudo al error, mientras el erróneo conduce al acierto». Llegan a una casita donde encuentran estas palabras pintadas en la puerta:

> La desdicha y la dicha
> sobrellévalas,
> que las dos pasarán,
> igual que tú.

Me senté en un pequeño taburete de madera. Mientras Robert Walther me colocaba unos auriculares en los oídos y unos imanes en los huesecitos que hay detrás de las orejas, le pregunté si había oído hablar de Robert Walser. No, contestó, y cerró la puerta tras de sí.

Vas a oír una voz masculina que te indicará lo que debes decir, me informó Robert Walther desde el otro lado del cristal.

Di la palabra «amor».

Amor.
Di la palabra «hacha».
Hacha.
Di la palabra «ocaso».
Ocaso.
Di la palabra «polvo».
Polvo.
Di la palabra «tiza».
Tiza.
Di la palabra «sudor».
Sudor.
Di la palabra «lote».
Lote.
Luego entró otro hombre en la cabina y ambos me observaron a través del cristal.
Di la palabra «cárcel».
Cárcel.
Di la palabra «alegría».
Alegría.
Di la palabra «mueca».
Mueca.
Di la palabra «querer».
Querer.
Di la palabra «guerra».
Guerra.
Di la palabra «tarta».
Tarta.
Di la palabra «abogado».
Abogado.
Di la palabra «dron».
Dron.

Di la palabra «lágrima».
Lágrima.
Tienes mucha imaginación, dijo el recién llegado.
Gracias, contesté.
Los dos hombres abandonaron la cabina.
¿Hola?, dije.
Quería decirles a Robert Walther y su colega que dejaran las palabras al margen de eso. Estábamos allí por los sonidos, no por las palabras. Siempre me quedarían las palabras...

Por las mañanas, después de tomar un café descafeinado y sacar a la perrita negra, elegía la canción que sonaría en bucle durante todo el día. La ponía tan bajita que resultaba casi inaudible, hasta que quedaba suspendida en el aire como un abejorro revoloteando en círculos, reducida a un zumbido grave. Con el tiempo, empecé a pensar en esos temas como moscardones, palabra que encierra en su interior el anagrama «eran cosmos»...
El ejercicio de escucha diario cumplía un doble propósito. Puesto que cada día era un ensayo del siguiente, me preparaba para que todas las cosas fueran la versión más silenciosa de sí mismas antes de desaparecer por completo, amortajadas en sí mismas.
Empecé a familiarizarme con los equívocos generados por una audición deficiente. En la escuela primaria había tenido una profesora de francés que solo se permitía usar en sus clases las fotos que ella misma había tomado, «¡Nada sacado de los libros!», decía.

Cuando estudiamos la arquitectura de París, proyectó unas diapositivas que había tomado a principios de los años ochenta, durante un paseo en barco por el Sena en compañía de Vivienne, su compañera. En una de esas diapositivas, un guía señalaba el tejado de Notre Dame y la profesora comentó que: Si te fiiijas, si te fiiijas, se ven los «postres» allá arriba. No sería hasta quince años más tarde, mientras la catedral caía pasto de las llamas, cuando comprendí mi equívoco y experimenté un placer retrospectivo al ver un titular en francés sobre las esculturas de los *apôtres*, los apóstoles, que se salvaron del fuego porque las habían retirado escasos días antes del incendio.

Seguía llevando la cuenta de todo. Ahora comía siempre de pie. Me daba duchas de agua muy caliente. Llevaba el pelo recogido en algo parecido a una trenza suelta. Tardaba mucho rato en reaccionar a los estímulos, si es que lo hacía. Me hidrataba la piel con una densa crema de cera de abeja que me dejaba reluciente como un zapato recién lustrado. Me veía rejuvenecida: tenía la cara tersa y radiante a causa de los esteroides. Sentía temblores pasajeros, como pequeños terremotos corporales. Me había convertido en una de esas personas que toman infusiones de menta. Una mujer a la que apenas conocía, dramaturga de profesión, me escribió para preguntarme: ¿Ya has pasado por un tribunal médico? Se había enterado de lo mío por una amiga común, la de Tesalónica. Sus dos padres eran sordos y me preguntó si quería que me pasara sus direcciones de correo electrónico.

Al leer la palabra «tribunal», pensé en los silencios

que se producen durante un juicio. Pensé en invocar la quinta enmienda. Sobre todo por las mañanas pensaba: Soy una delincuente. Pensaba: Esto es hurto mayor. ¿Acaso hay algo más valioso que el tiempo? Era la víctima y el verdugo a la vez. Pensaba: Esto es como tener una aventura; una vez que engañas, no puedes evitar volver a hacerlo. Ahora se había vuelto algo rutinario. Así serían las cosas hasta nueva orden. Cambié el lenguado por bacalao, que era más barato. Me pasé al champú y al suavizante del súper. Dejé de darme el capricho ocasional de un ramo de flores. Empecé a tomar Nescafé (descafeinado).

El último día de noviembre tenía programada una inspección integral de mis entrañas para buscar marcadores y señales de inflamación en otras partes del cuerpo. Cuando llegué al hospital, la enfermera me dijo que debía guardar el móvil, los anillos y el collar bajo llave y me preguntó si iba a querer anestesia. No tenía respuesta para esa pregunta. A mi lado había un hombre mayor, un intérprete de tuba cuyo esófago necesitaba reparación y al que estaban preparando para la intervención quirúrgica. Hablaba por los codos, pero de pronto enmudeció como un niño que cae súbitamente vencido por el sueño en el asiento trasero de un coche. Se lo llevaron y vino a ocupar su asiento una rubia muy embarazada. Aparentaba mi edad y su físico recordaba al de un pájaro. Elogió el aspecto de las enfermeras, una por una: uñas, reloj, calzado. Así te tratan mejor, me dijo. Iba a tener gemelos.

Me dijo que su abuelo había trabajado para el Ministerio de Asuntos Exteriores en los años cincuenta y que su abuela había tenido a la niña que luego se convirtió en su madre en un hospital rural italiano donde le tocó compartir habitación con Ingrid Bergman, que dio a luz a Isabella Rossellini y a su hermana gemela. La abuela y Bergman se hicieron íntimas durante esas horas que pasaron juntas en el hospital, pero nunca volvieron a verse. Hace diez años, me dijo, su madre estaba en un mercado de agricultores locales en Long Island, comprando mazorcas de maíz, cuando vio a Isabella Rossellini comprando también maíz, girasoles, moras, con el pelo mojado y un perro color arena. Se le acercó, se identificó y le comentó que habían nacido el mismo día, en la misma habitación de hospital, y Rossellini le dijo que había oído a su propia madre, Ingrid, hablar de Mary, la madre de esa desconocida. Al parecer, la abrazó y dijo: «Ojalá también hubiésemos intercambiado nuestras vidas».

En la consulta había un letrero que decía ERES INCREÍBLE. El médico me ordenó que me tumbara de lado, inhalara profundamente y retuviera el aire en los pulmones hasta que él me dijera que podía soltarlo. Me abrieron la bata por detrás y, mientras la cámara se introducía en mi cuerpo, el médico me dijo que era «una crack».

Esa noche, en casa, busqué información sobre Bergman y me enteré de que había nacido y muerto un 29 de agosto. Esa fecha parecía no solo perseguirme, sino también precederme. Ese mismo día, pero treinta y seis años después, me levanté para asistir a una boda en Venecia, el mismo día que se estrenó *4'33"* en el Maverick. Ese mismo día de 1982, a medianoche, coincidiendo con su sexagésimo séptimo cumpleaños, Bergman murió en Londres. Leí que su exmarido y otras tres personas estaban presentes en el momento del fallecimiento, y que horas antes habían brindado por última vez en su honor. Había un ejemplar de *El principito* en su mesilla de noche, abierto por una de las páginas finales del libro, en la que se ve a una de esas serpientes amarillas letales al pie del muro sobre el que se ha sentado el principito, y entonces el narrador le dispara con una pistola: «La serpiente se dejó deslizar suavemente por la arena, como un chorro de agua que muere, y, sin apresurarse demasiado, se escurrió entre las piedras con un ligero sonido metálico».

Mil doscientas personas asistieron al funeral de Bergman, que se celebró en octubre. Me vino a la mente una escena de *Te querré siempre*, en la que el actor que interpreta a su marido la ayuda a ponerse el abrigo y ella le dice: «Cuando estamos solos, no pareces ser muy feliz», a lo que él replica: «¿Estás segura de que comprendes cuándo soy feliz?». «Desde que salimos, no estoy segura de nada...», concluye ella.

Escribí al cineasta para comentarle estas coincidencias, pero hizo caso omiso de mis palabras y me preguntó si me apetecía acompañarlo al día siguiente a una exposición de cuadros de un amigo suyo de la infancia. Dijo que ya había empaquetado y enviado todas sus cosas a Los Ángeles, que había devuelto las llaves al casero y que, durante las semanas que quedaban hasta su partida, iba a pernoctar en una sucesión de sofás ajenos. No habría sabido decir si era una forma velada de sugerir que sumara mi sofá a esa sucesión. No se lo ofrecí, pero accedí a acompañarlo a la exposición.

A la mañana siguiente llegué treinta minutos tarde a la galería. Él ya había recorrido la exposición y me dijo que tenía que marcharse pronto por algún motivo que no especificó. Siempre me había considerado una persona respetuosa, pero el cineasta era un experto en hacerme sentir todo lo contrario. En cierta ocasión se lo dije y me contestó que yo era la única responsable de mis propios sentimientos. Que él no podía hacerme sentir nada. No me disculpé por llegar tarde.

El amigo de infancia del cineasta era conocido por pintar su nombre una y otra vez sobre unos lienzos imponentes. Junto a la entrada se exponía el comunicado de prensa de la inauguración y una entrevista reciente con el artista. Hacia el final de esta, el tema de los cuadros y las piezas de cerámica pasaba a un segundo plano y el entrevistador le preguntaba si creía haber mejorado como persona a lo largo de su vida. El artista respondía diciendo que creía ser mucho peor persona ahora que antes, pero añadía que posiblemente era tan solo una persona herida. Dijo que creía poseer un buen corazón, que se consideraba una persona cariñosa y que estaría dispuesto a hacer cualquier cosa por los demás, pero que le habían hecho daño. Que lo habían tratado con crueldad (el pintor había tenido mucho éxito a una edad temprana). Convino con el entrevistador en que perdonar a los demás es algo que hacemos por nosotros mismos. Vi al cineasta yendo de aquí para allá en la sala desierta. Se me acercó y me preguntó si pensaba ver los cuadros o si solo iba a leer la entrevista, algo que podía hacer en casa. Fue en ese instante cuando, en la otra punta de la galería, una mujer empezó a disculparse profusamente y sus palabras resonaron por el espacio.

Dijo que lo lamentaba muchísimo. Dijo que se sentía fatal. Dijo que se moría de vergüenza. Yo estaba mirando al cineasta mientras ella se disculpaba y fue como si hablara por uno de los dos, como si sus palabras flotaran en el aire esperando que las reclamaran.

Y entonces sonó otra voz femenina que le dijo a la primera que no pasaba nada. Que no se preocupara. Dijo: No te preocupes, no es culpa tuya. No es culpa de nadie, añadió. Este intercambio se prolongó un poco más, y el cineasta me miró sonriendo hasta que las dos mujeres enmudecieron. Me dijo que tenía prisa. Posó una mano sobre mi espalda y la retiró al instante como si hubiese tocado una sartén caliente.

El entrevistador preguntaba al artista si se veía teniendo hijos, a lo que este contestó que no. Dijo que, a partir de los treinta, es difícil encontrar el amor con mayúsculas que se vive a los veinte. Cuesta más tener amigos íntimos cuando se es adulto, dijo. Y añadió que todo el mundo se había ido de la ciudad o se estaba recuperando de algo dramático.

Cuando ya me marchaba, vi a una de las mujeres agachada con una botella en la mano, esparciendo lejía sobre el suelo de hormigón, desde la puerta hasta un banco en el que estaba sentada la otra mujer, limpiando la mierda de perro que se le había metido en el hueco del zapato que separaba el dedo gordo del resto, como la pezuña de una cabra negra.

El primer día de diciembre me dieron una dosis más alta de prednisona. Pequeños intentos circulares, blancos y solubles de mantener la inflamación a raya. El tiempo ya no venía marcado por días, sino por dosis. Se medía al peso, al vulgar miligramo. No tardé en darme cuenta de que estar enfermo es estar dolorosamente fuera del tiempo, pero siendo dolorosamente consciente de su paso.

Cada dosis de prednisona tenía un cuarto propio en la página de la libretita negra en la que antes apuntaba tareas pendientes: la hora a la que debía llegar a determinados sitios, las personas con las que quedaba. Pero ahora no tenía nada que hacer aparte de anotar esas cifras. Alcanzaba las cifras, las dejaba atrás y volvía a encontrarme con ellas. El 40 y el 16,5 eran dos cifras con las que coincidía a menudo.

Me obsesioné con la obra de Hanne Darboven, una artista de Hamburgo, heredera del imperio cafetero Darboven (solo por ese motivo, la imaginaba contando granos de café, cogiéndolos de un cubo negro y pasándolos de uno en uno a otro cubo azul). Darboven había vivido en Nueva York durante dos años en los sesenta, antes de volver a Alemania, donde permaneció hasta su muerte en 2009. En Nueva York le había costado hacer amigos.

Se había formado como pianista clásica antes de

dedicarse al minimalismo artístico con la misma pasión con la que antes se había dedicado al piano. Al volver a Alemania, ideó su Konstruktionen, un lenguaje neutro y artificial hecho tan solo de trazos y números. Su lenguaje numérico le permitía seguir la curva del tiempo de un modo específico y ordenado, de acuerdo con su propio sistema. Le gustaba que algo impronunciable fuera universal. Se consideraba una escritora, no una artista. Lo decía a menudo: «Soy una escritora, no una artista». Llenó páginas —y más adelante paredes enteras— con sus sistemas.

Hay una pieza de 1981 titulada *Wende >80<*... *Wende* significa «punto de inflexión». Por primera vez, cogió sus propios números y los transformó en notas. Tradujo sus propias traducciones. Y hay imágenes también. Me pregunté qué habría motivado ese punto de inflexión en 1981.

Wende.
Wende.
Wende.

Yo esperaba un *wende* cada día. Para mí, esa palabra sonaba como su propio significado. *Wende.* Mi lengua se volvió adicta a ella. No, no quería la palabra inglesa *wend*, no quería deambular. No quería encontrar mi camino. No quería dar vueltas. Quería que mi camino se me presentara. Quería la palabra alemana *Wende*.

Iba reduciendo la dosis a razón de 0,5 miligramos cada cinco días estables. Al principio, fui rellenando mi futuro con dosis esperando a que se agotaran. Era una visión optimista de la situación. Sin embargo, mis dosis se quedaban invariablemente estancadas o me hacían retroceder, y me llevaban hacia atrás en el tiempo. A veces reculaba meses enteros en tan solo un día. Al final, dejé de rellenar mi futuro con dosis porque había llegado a la conclusión de que cada nueva dosis era una corrección de la anterior. Como un día. Y no puedes corregir un día que aún no ha tenido lugar.

II

En el árbol que hay justo delante de la ventana apareció una correa de perro roja enrollada en torno a una rama y colgando de esta como un nudo corredizo que enmarcaba un trocito de cielo. Allí se quedó todo diciembre y parte de enero. Tenía una visita de seguimiento con el médico que había señalado la capacidad del ser humano para llegar a la Luna, el mismo que me había recomendado abstenerme de todo lo que pudiera dar pie a sentimientos exacerbados, desde bodas a fiestas sorpresa, muertes inesperadas u orgasmos. El caso es..., empezó, pero dejó la frase inacabada. No importa, zanjó. ¿Recuerdas haber tenido algún sentimiento exacerbado poco antes de empezar a oír mal? Me dijo que llevara un registro de mis «momentos de elevación». Sin saber muy bien cómo, acabamos hablando del peculiar placer de encontrar algo que no eras consciente de haber perdido: prendas de ropa, lucidez, las llaves de casa. Yo seguía llevando la cuenta...

Le expliqué que había arraigado en mí el temor a que algún día las palabras que decía no coincidieran con las palabras que pensaba, que solo pudiera valerme de la fe para asegurarme de que estaba diciendo lo que quería decir.

Me preguntó si querría participar en un ensayo de hipnoterapia como potencial tratamiento paliativo. El hipnoterapeuta clínico que llevaba a cabo el ensayo trabajaba en Bolinas y estaba interesado en practicar la hipnosis por videollamada todos los días durante una hora a lo largo de dos semanas. Accedí a una sesión de consulta.

Al cabo de dos días quedé con el hipnoterapeuta por videollamada a última hora de la tarde. A su espalda había un loro verde encerrado en una jaula blanca. Se llamaba Frida y era una hembra de guacamayo rescatada que, según me explicó, había nacido sin laringe y por tanto no podía vivir en libertad. Ese era el único motivo por el que no lamentaba tenerla en una jaula. Empezamos hablando de trivialidades. Yo me acomodé en el sillón blanco. Me preguntó si había oído hablar de la compositora Suzanne Ciani, que al parecer era vecina suya, y no en el sentido más amplio de la palabra, sino que vivían en propiedades colindantes. El médico que me había derivado le había dicho que yo también me dedicaba a la música... ¡A veces los arpegios digitales de Suzanne Ciani entraban flotando por su ventana! Pero hoy no..., hoy no..., dijo. El viento soplaba desde el norte...

Cuando llegamos a la cuestión de mi oído, intenté explicarle el retumbar del trueno: Es como si Dios se pasara el rato reacomodando el taburete del piano y no llegara a tocar ninguna melodía. El hipnoterapeuta iba tomando notas esporádicas. Me preguntó si creía en Dios. No, contesté. Me dijo que practicaba el método ericksoniano, que recurre a la sugestión indirecta, las metáforas y los relatos.

En la pared a su espalda, junto al guacamayo enjaulado, había lo que di por hecho que eran numerosos diplomas colgados. Sin embargo, vistos a través de la pantalla, los marcos parecían vacíos, como si fueran tan solo un caprichoso efecto de la luz californiana. Él mismo poseía cierta cualidad etérea: ojos azules muy pálidos, una nube de cabello blanco. Según se alargaba la reunión, la luz empezó a desdibujarlo a él también. Nuestra sesión se vio interrumpida por la mala conexión, de modo que no llegué a sentir que hubiese accedido a un estado mental diferente.

A solas de nuevo en mi sala de estar, recordé haber leído que un caballo y un pez, o un caballo y un hombre, o incluso dos hombres comparados entre sí, no son igual de susceptibles a los fenómenos externos. Que no les afectan las mismas cosas, o que las mismas cosas no les afectan del mismo modo. Apliqué esta conclusión a mi presente, al hecho de que, en el pasado, un día era un caballo y el siguiente era un pez, y cada día era más o menos susceptible de verse afectado por la realidad, siempre en relación con otros días, pero ahora todos mis días eran como peces.

Había empezado a entender mi propia vida malinterpretando las cosas que leía y experimentando solo con la mitad de mi atención. Encontraba lucidez en la malinterpretación y pensaba que nuestras malinterpretaciones son quizá lo más individual y específico que tenemos.

Al día siguiente volvimos a quedar, esta vez treinta minutos más tarde. El sol ya había empezado a ponerse y el hipnoterapeuta no era más que una masa oscura y compacta. Me preguntó si alcanzaba a verlo o si lo había engullido su propia sombra. ¡No consigo quitármela de encima!, dijo. Añadió que, por lo general, no hacía videollamadas a esa hora del día y que a lo mejor tendría que invertir en unas cortinas o colgar uno de los muchos sarongs de su mujer en la ventana. Yo le dije que solo veía su silueta, pero que eso no suponía un inconveniente para mí. Se disculpó profusamente por la mala conexión y por esto, que ya era el colmo. Yo contesté que estaba acostumbrada a las malas conexiones.

El hipnoterapeuta dijo que era gracioso que mencionara las malas conexiones, porque a veces escuchaba The Buzzer durante varias horas seguidas. Le dije que no sabía a qué se refería.

Acercándose más a la pantalla, me explicó que se trata de una emisora de radio de cuyas emisiones nadie se hace responsable. La radio roja. La sonata soviética. La cantata comunista. MDZhB. Transmite una frecuencia grave en onda corta desde algún lugar situado al norte de Moscú y viene haciéndolo desde 1982, por lo menos.

Me dijo que, si sintonizas la frecuencia 4625 kHz

desde cualquier punto del planeta, puedes captar sus transmisiones. La mayor parte del tiempo, lo único que se oye es una larga y monótona sucesión de pitidos sobre un constante murmullo de estática, pero hay que estar atento a las ocasionales anomalías que se oyen de fondo, entrecortadas: palabras apenas audibles, nombres, cifras y, muy de vez en cuando, un solo lado de alguna conversación.

Me dijo que esas comunicaciones sugieren que los pitidos no se generan internamente, sino que se transmiten desde un dispositivo situado frente a un micrófono siempre abierto y conectado. Me dijo que, al parecer, y a juzgar por su tono irregular, los pitidos los genera la rueda tonal de un órgano Hammond de los años setenta.

Me dijo que el mes anterior se habían detectado varias transmisiones atípicas, incluyendo fragmentos de *El lago de los cisnes* de Chaikovski, que reemplazaron a ratos el soniquete habitual y, en una sola ocasión, los gritos de una mujer. Me explicó que tanto él como su esposa, que era pintora, sintonizaban la emisora mientras jugaban al *mahjong* por las noches, y a veces también mientras resolvían el crucigrama. Se había convertido en un ritual cotidiano, ¡una adicción, incluso! Ese sonido monótono era la banda sonora de sus largas partidas, como el ronquido de una sirena antiniebla llamando a un barco en la lejanía. Me preguntó si había visto la película *Lluvia de julio* y me explicó que su banda sonora consistía en una sucesión de emisoras de radio que se iban sintonizando una tras otra. Le dije que había visto los primeros quince minutos de la película. Le dije que, desde hacía una semana, me sentía como si no acabara de sintonizar ninguna emisora, como si me quedara siempre a las puertas de su rango de transmisión. La señal me llegaba entrecortada, por así decirlo, y me sentía envuelta en un constante chisporroteo de estática. Como una emisora de radio de cuyas emisiones nadie se hace responsable.

Por último, me pidió que cerrara los ojos. Durante unos instantes permaneció en silencio, y luego: Eso es, dijo, como si contestara a algo que yo había dicho, aunque no había despegado los labios... Y, por suerte, siguió diciendo: He tenido ciertas experiencias con señales..., con dejar que el mundo exterior pase ante mis ojos como si flotara a la deriva... Dijo: Deja que el mundo exterior se aleje de tu conciencia... mientras te vas sintiendo cada vez más cómoda..., con cada nueva exhalación... recuerda olvidar... que el mundo exterior... está ahí fuera... y entonces el mundo interior... se vuelve mucho más importante..., en realidad... no importa... que hoy... sea un nuevo día..., un día que nunca has experimentado antes..., puedes redescubrir... y disfrutar de la novedad... mientras te experimentas a ti misma... de un modo distinto..., porque eres distinta..., ahora sabes más cosas..., y todo lo que has aprendido... te ha enseñado... a aprender... cómo controlar el dial..., a aprender... una idea sencilla... que era tan fácil... de olvidar... hasta ahora..., cuando descubres... lo que puede servirte ahora... del modo que te gustaría... Él siguió a lo suyo y yo me quedé dormida. Ninguno de los dos se percató de ello hasta que dejó de hablar y la ausencia de su voz me despertó, como cuando alguien entra en la habitación y apaga una luz mientras estás durmiendo y la oscuridad te despierta. El hipnoterapeuta me dijo que la próxima vez, para poder sacar provecho de la sesión, debía permanecer despierta. Decidí seguir adelante y dejar que ese hombre le quitara algo de tiempo a mis días; no tenía otra cosa que hacer con él.

Después de la sesión, visité la página web de código abierto dedicada a The Buzzer. Encontré la tabla en la que los oyentes iban aportando nuevos datos a un registro de palabras escuchadas de fondo y otras desviaciones reseñables del soniquete habitual. Ese día, un oyente había dejado constancia de que la emisión se había visto interrumpida por una transmisión de terceros, seguramente enviada por pescadores franceses. Las palabras registradas incluían:

ГЕЛЬ: gel
ТИМЕЙКА: una palabra sin ningún significado real conocido
ДИНГИ: bote
БАПТИСТСКИЙ: baptista
КУХОННЫЙ: una palabra asociada con el mobiliario de cocina
БЕЗДОЖДЬ: ausencia de lluvia
ГРУЗИНСКИЙ: georgiano
АЙОВА: Iowa
ИЗНОС: agotamiento
ЗАБОРЧИК: diminutivo de valla
ЕРЕСЬ: herejía
ЗЕМЛЕВЕД: agrónomo

БАЛКОННЫЙ: perteneciente a un balcón
АТОМОВКУС: sabor radiactivo
КЕПЛЕР: Johannes Kepler, célebre astrónomo
ДАЛЬНОСТЬ: distancia
КАЗАЧОК: baile popular cosaco

¿Quién estaba escuchando? Imaginé distintas versiones de mí misma, sola, habitando diferentes cuerpos y habitaciones ajenas, inclinada sobre una mesa frente a un pequeño aparato de radio. Imaginé el sol, poniéndose o saliendo. Me imaginé alargando la antena hacia el cielo, acercándome más a una ventana, haciendo palanca con los variopintos objetos que tuviera a mano para abrirla. Y entonces lo entendí: para practicar la escucha a modo de deporte, como la pesca o el onanismo, se requiere cierta atención. Luego está también el elemento compulsivo, relacionado con el miedo. El miedo a perderse una palabra o una ristra de palabras. ¿Son los oyentes personas que viven a la espera de pistas? Me vino a la mente un texto muy breve de Georges Perec sobre un sueño recurrente en el que descubre una habitación en su diminuto piso cuya existencia ignoraba por completo hasta entonces.

Me senté al sol con mi perrita negra, que había desarrollado el contumaz hábito de lamerme. Dejé que lo hiciera hasta que se volvió insoportable.

En la siguiente sesión le pregunté al hipnoterapeuta cómo era posible que experimentara grados tan extremos de miedo y aburrimiento a la vez. Las formas de miedo que había experimentado hasta entonces eran estimulantes, le dije, pero esta me desmotivaba. Me preguntó si tenía la impresión de estar esperando algo. Le dije que sí, que tenía la impresión de estar esperando una escena de alguna película que había visto infinidad de veces. Sí, era agotador vivir con ese grado de anticipación. Y lo que anticipaba era la nada absoluta, lo que hacía que todo resultara más agotador, si cabe. Le dije que mi día a día se me antojaba una rutina de ejercicios. En esa época me había acostumbrado a hacer la compra lo más temprano posible, antes de que empezara a sonar el hilo musical del súper, antes de que el local se llenara de gente que salía de trabajar, de las cuidadoras y las madres a tiempo completo con niños pequeños a su cargo. Un día, después de que me dijeran que debía comer más pescado blanco para contrarrestar el déficit de vitamina D que provocaban los diuréticos, me presenté en el supermercado a las siete de la mañana para comprar la cena. En la pescadería solo había otro cliente. Mientras contemplaba el pescado expuesto sobre el hielo, intenté recordar la última vez que había nadado en el mar. Cuando el desconocido que estaba a mi lado estornudó, lo recordé de pronto: había sido en una playa de Rockaway, y solté un «amor» en vez de «salud», como si las palabras brotaran solas de mis labios. El desconocido levantó la vista, asintió brevemente y señaló a través del cristal el pescado al que yo había echado el ojo y que vi desaparecer mientras lo envolvían en papel encerado.

En la siguiente sesión, le pregunté al hipnoterapeuta si alguna vez había participado en el registro de The Buzzer.

Me dijo que había tenido la suerte del principiante: su primera y única aportación al registro se remontaba a la Nochebuena de 1997, cuando llevaba solo dos meses como oyente.

La letanía de pitidos se había visto interrumpida por una lista de nombres propios que sonó dos veces seguidas:

> Boris, Roman, Olga, Mijaíl, Anna, Larisa.
> Boris, Roman, Olga, Mijaíl, Anna, Larisa.

Desde entonces, el hipnoterapeuta y su mujer habían ido poniendo esos nombres a los gatos callejeros que aparecían por su casa, a los que alimentaban y costeaban el veterinario.

Me dijo que había llegado incluso a desarrollar cierta camaradería a distancia con otros oyentes. Ese mes de septiembre, estando en Atenas para asistir a un congreso anual internacional de hipnoterapia, había conocido a uno con el que intercambiaba mensajes desde hacía más de diez años: un hombre de pocas palabras, un solterón que trabajaba como botones en el hotel Grande Bretagne y sintonizaba la emisora durante su turno a través de un transistor Zenith, y por la noche desde la cadena de música que tenía en casa. El martes, que era su día libre, quedaron en una cafetería de Exarcheia y escucharon la emisora juntos durante una hora, mientras tomaban *retsina* y comían *tiropitas*, antes de seguir cada cual su camino. Ese hombre era el segundo participante más activo del registro, con un total de once aportaciones. Había dedicado los últimos dieciocho años de su vida a escuchar.

La conexión se vino abajo y el hipnoterapeuta se quedó congelado en la pantalla con el rostro distorsionado, los ojos cerrados y la boca muy abierta, como un portal negro y ovalado que se hubiese abierto en su cara y a saber adónde llevaría. Parecía estar llamándome, o chillándome.

La involuntaria imagen evocaba uno de los cuadros de papas gritando de Francis Bacon, y recordé una entrevista en la que este decía: «Vivimos de un modo casi constante a través de pantallas, llevamos una existencia velada. Y a veces, cuando la gente dice que mi obra es violenta, pienso que, de tarde en tarde, he logrado apartar un par de velos o pantallas».

Miré la imagen todavía congelada del hipnoterapeuta y pensé que esa mala conexión tal vez hubiese apartado un par de velos.

Cuando recuperamos la conexión, su mujer estaba detrás de él, descabezada. Me explicó que el rúter del estudio de ella tenía mejor cobertura que el suyo. Su mujer le dijo que probara con esta contraseña: *pinturas negras*,[1] todo en minúsculas, sustituyendo la ese de *negras* por el símbolo del dólar y añadiendo un 1 al final, y luego con *Bolinas*, con la inicial en mayúsculas y un signo de exclamación...

La mujer del hipnoterapeuta dijo que, si bien se

---

1. Aquí, y en adelante, se señalan en cursiva los términos y frases que aparecen también en español en el original. *(N. de la T.)*

consideraba un poco trillado (por lo menos en el mundillo artístico) recrearse en el tema de las pinturas negras de Goya, ella lo hacía de todos modos y, mientras me quedase claro que era consciente de estar usando un cliché, podía hablar sin cortapisas de su duradera admiración –obsesión, incluso– por un cuadro en particular, «el del perro».

Acercó a la pantalla una reproducción en miniatura del cuadro en cuestión, del que coleccionaba postales y otras reproducciones, incluida una lata de frijoles Goya en la que alguien había escrito «pinturas» sobre la palabra «frijoles» y reemplazado la imagen de las alubias por una caprichosa réplica del perro. Siempre que se quedaba bloqueada, me dijo, pintaba su propia réplica del cuadro. ¿Por qué? Porque, en su opinión, era la perfecta representación del miedo.

El hipnoterapeuta me advirtió que no le tirara de la lengua respecto a la raza del animal, pues había un eterno debate entre quienes decían que se trataba de un crestado chino y quienes sostenían que era una mezcla de terrier, siendo él un firme partidario de los primeros.

Ella me explicó que su obsesión por el cuadro empezó cuando su primer marido, ya fallecido, estaba rodando un documental en la cárcel de Carabanchel, un barrio situado al sudoeste de Madrid. El documental no trataba sobre las tensiones políticas surgidas en torno a la cárcel, sino sobre el edificio en sí, un diseño panóptico construido por presos políticos republicanos al término de la guerra civil española. Mientras su marido se iba a rodar cada día, ella tenía muchas horas libres para pasear por el anodino barrio de Carabanchel. Recordaba que hacía muchísimo calor y me explicó que lo que no sabía entonces era que, cuando no tienes un sitio concreto al que ir y te encuentras en un lugar desconocido o poco familiar, en realidad vas de aquí para allá con el propósito específico de hallar un lugar dentro de ti al que tal vez llegues, o tal vez no.

El tercer día, la mujer había descubierto, a orillas del Manzanares, una pequeña placa cubierta de grafitis que señalaba el emplazamiento de la Quinta del Sordo, una casa que Goya le había comprado a otro sordo. El propio Goya padecía sordera desde hacía años, tras una súbita y aguda enfermedad. Fue en las paredes de esa casa donde pintó catorce óleos murales que, en principio, nadie más debía ver. Años después de su muerte, los trasladaron de las paredes a lienzos. Ahora están en el Prado, por supuesto, dijo ella. Dónde iban a estar, si no.

Me explicó que Goya había abandonado la Quinta del Sordo... Y citó al pintor con nostalgia: «Quien no puede extinguir el fuego en su casa, debería abandonarla». Lo escribió poco antes de marcharse. Parece obvio, pero no lo es..., dijo ella. Nada es obvio para los humanos. Nada en absoluto. Permanecemos en medio de las llamas por propia voluntad... Dicho esto, se alejó de la pantalla como una actriz que hace mutis.

Reanudamos la sesión. Ya descongelado, el hipnoterapeuta empezó a hablar. Me dijo que me permitiera percibir los sutiles cambios que se producían en los sonidos de un momento a otro.

En el fondo, no importa si tardas más o menos en

quedarte en trance, dijo. Me aconsejó que me fijara en mis manos, en las partes de mi cuerpo que descansaban sobre los cojines. Que notara la sensación de pesadez corporal a medida que me relajaba. Es bueno sentir algo familiar mientras aprendes algo nuevo, dijo. Toma consciencia de las partes de tu cuerpo que se apoyan en el sillón. Y cómo el sillón, a su vez, se apoya en el suelo, que se apoya en paredes y vigas, y cómo bajo el suelo hay otros suelos cada vez más profundos. Eso es. Entonces se hizo evidente que el hipnoterapeuta intentaba reprimir un ataque de hipo. Deja que tu mente divague en busca de cualquier imagen que atrape tu imaginación. Aprendemos cosas de un modo inusual, un modo del que nada sabemos. Explora tu propio cuerpo.

Mientras me hundía cada vez más en el sillón, me pidió que evocara un recuerdo temprano de liberación total. Cierra los ojos, dijo, y siente cada lado de los párpados, y luego siente que los párpados se convierten en escudos...

Recordé una visita al aviario del zoo de San Diego. Yo tendría ocho o nueve años... Por entonces me interesaban especialmente las aves de Egipto tras haber interpretado en la escuela primaria el papel secundario de un ornitólogo en la adaptación teatral de un cuento infantil de Oscar Wilde, «El príncipe feliz», que habla sobre la amistad entre la estatua de un príncipe muerto y una golondrina triste cuya bandada partió hacia El Cairo dejándola atrás.

El aviario databa de los años veinte, era obra de un arquitecto local y en su día había sido el ejemplo más notorio a nivel mundial de ese tipo de construcciones:

una gran estructura abovedada sobre la que se extendía una malla como la piel sobre los huesos, anclada al borde de un desfiladero para simular una colonia de aves en libertad. El aviario se conocía como «la jaula invisible», se supone que desde el punto de vista de las aves. En su interior había más de un centenar de pájaros, arroyos artificiales, canales, cascadas y una lluvia artificial que caía cada hora en punto, aunque este último detalle se añadió a principios de los años noventa.

En un primer momento, me costó más de lo previsto distinguir las aves que había dentro de la jaula. No avisté demasiadas, aunque notaba su cercanía. Los muros verdes. Recuerdo la sensación de libertad que sentí dentro de ese espacio cerrado mientras cruzaba a solas pasarelas elevadas sobre arroyos y canales, bajo un tupido dosel verde. Nunca me había sentido tan lejos de todo mientras un viento tórrido y real barría el recinto.

De pronto, todas las aves enmudecieron y muchas se posaron formando una larga hilera sobre el único cable estructural que cruzaba la jaula de punta a punta. No pude evitar pensar en las Rockettes. Di por hecho que las habían adiestrado para realizar alguna coreografía o que se movían según un horario establecido. Su silenciosa procesión se alargó durante varios minutos. No había más sonido que el murmullo del agua fluyendo en todas las direcciones. Y entonces, como si alguien hubiese apagado un interruptor, las aves reanudaron su canto y sus llamadas, y volvieron a desaparecer.

Cuando me marché del aviario, que daba directamente a la tienda de regalos del zoo, vi a una dependienta barriendo el suelo, formando montículos de cristales rotos en medio de un mar de añicos. Se disculpó por el desorden. Todas las bolas de nieve se habían caído de la balda. Me preguntó si lo había notado. Había habido un terremoto de 5,2 grados...

Cuando abrí los ojos, el hipnoterapeuta tenía los suyos cerrados, la cabeza inclinada hacia atrás. Dos manos flotantes le tapaban los oídos y la nariz, mientras una de las suyas vertía agua en su propia boca abierta.

Esa noche, incapaz de pegar ojo, leí un mensaje de Quicksand53 en un foro sobre sordera súbita en el que decía que el canto de las aves era a menudo lo primero que uno dejaba de oír. Quicksand53 había dado por hecho que los pájaros se habían cansado del árbol que había delante de la ventana de su cocina. Los pájaros, como las personas, cambian de gustos. Pero no era eso lo que había pasado, comprendió después de establecer contacto visual con un pájaro mientras dejaba una taza en el fregadero. La bandada al completo seguía cantando en el árbol, pero sus oídos negaban el canto. La pérdida es un proceso, dijo, no un interruptor eléctrico. Quicksand53 se despedía deseándonos «¡Suerte!» y dejando el enlace a un aparato de ruido blanco con frecuencias ajustables.

Me quedé dormida escuchando The Buzzer, con el consuelo de saber que la mayor parte de los oyentes captaban lo mismo que yo —no gran cosa— y que también ellos esperaban que las palabras surgieran de entre las ondas como pequeñas bombas.

El apartamento de arriba sufrió una pequeña inundación y se formó una gotera en mi techo, justo encima de la cama. Me desperté con la cara mojada, creyendo haber llorado en sueños. Eso fue antes de descubrir que tenía la almohada empapada, antes de reparar en la grieta de arriba. Mi techo emocional. Me sequé la cara y llamé al conserje. ¿Puede esperar a mañana?, preguntó. Cuando vino a la mañana siguiente a mirar la gotera, me dijo que había una nueva inquilina en el piso de arriba. El saltador de comba se había marchado y lo había sustituido la antigua Miss Mar Báltico. Y, mientras el agua seguía goteando sobre mi cama, me dio por pensar que quien se había instalado en el piso de arriba no era una persona, sino un océano. Y pensé que la gente tal vez contemplaría ese océano y diría: Con lo que ha sido este mar, hay que ver; el tiempo no perdona ni a los océanos. ¿Qué hace este en una quinta planta sin ascensor? Pobrecillo. El agua en movimiento es mejor que el agua estancada, sentenció el conserje, y se volvió a marchar para ir en busca de una llave inglesa.

Al día siguiente vi a Miss Mar Báltico en el vestíbulo del edificio, y no era azul ni horizontal, sino rubia y vertical, y trataba en vano de sacar la llave del buzón de correo. Me ofrecí a ayudarla, pero se limitó a sonreír y a tirar de la llave con todas sus fuerzas en dirección contraria a la del buzón.

Justo antes de Navidad, el cineasta me pidió que cenáramos juntos por última vez antes de su partida.

Quedamos en un restaurante italiano que sirve crudités sobre cubitos de hielo, un local que solíamos frecuentar cuando éramos pareja. Dos de los clientes estaban enchufados a una bombona de oxígeno, y la cuenta vino acompañada de dos caramelos de menta. Él volvió conmigo a casa y subió sin que lo invitara. En la escalera nos cruzamos con el conserje, que llevaba dos grandes cubos de pintura. Había que repintar de blanco el suelo del sótano cada dos domingos como consecuencia de un severo trastorno obsesivo-compulsivo. Cuando llegamos a mi apartamento, el cineasta dijo que el conserje era clavadito al actor que interpretaba a Nazerman en *El prestamista.* Al igual que ese personaje, sospechaba de todo el mundo. A diferencia de él, era un siciliano de Staten Island, exbombero y divorciado.

El cineasta, que siempre tenía a mano muchos datos supuestamente verídicos, dijo que Quincy Jones había compuesto la banda sonora de la película. La bossa nova que suena en la famosa escena de la discoteca se usaría más tarde como tema principal de la saga cinematográfica de Austin Powers. Mi oído no captaba los graves, así que el cineasta sonaba como las ardillas de *Alvin y las ardillas,* o como si le hubiese dado por aspirar el helio de un globo de fiesta.

No tenía sino agua para ofrecerle, y se tumbó en el suelo y me hizo varias preguntas seguidas. Su cuerpo era la hipotenusa que cortaba la estancia en dos triángulos rectángulos. Cuando le dije que tenía la sensación de estar hechizándome a mí misma, como si fuera un fantasma, replicó que no creía que eso fuera posible.

Añadió que él sí creía estar hechizado, concretamente por alguien que aún no había nacido. Uno solo puede estar hechizado por algo que procede del exterior, dijo. Yo discrepaba.

Para entonces, el cineasta ya tenía una novia pelirroja esperándolo en California. Se le había adelantado para aceptar un papel de cierto peso como actriz. Cuando se refería a ella, hablaba como si el amor fuera algo que uno pudiera echarle en cara a alguien.

Con el amor, dijo, pasa lo mismo que con las personas que construyen submarinos. Es muy específico. Intransferible. El hombre que fabrica el interruptor debe ser también quien lo maneje. Así que te quedas atascado manejando ese único interruptor. O ni siquiera manejándolo, sino tan solo asegurándote de que lo tienes controlado para que nadie más lo maneje.

El amor, dijo, es sin duda una forma de hechizo. Es un fantasma sentado al borde de la cama, y la cama representa, ya sabes, el corazón. Y a veces hace falta un exorcista.

Hasta ese instante no me había dado cuenta de que él me sujetaba el pie con la mano. Le dije que lo creía inhechizable, inhabitable incluso para los fantasmas. Pareció ofenderse. Lo que no le dije fue que, en realidad, era como una termita que se abre paso por el interior de las paredes de una casa. Y la termita, como un perfecto huésped, intuye cuándo ha llegado el momento de marcharse, cuando su estancia se ha alargado lo justo para dejar la casa al borde de la ruina. Entonces se va y la deja vacía, carcomida. Yo había querido a ese hombre.

Esa noche, el cineasta tenía una expresión de impotencia. Una sonrisa alquilada. Un deseo alquilado. Deberías pensar en tu enfermedad como una obra teatral, pero no como una película, dijo. Una obra en la que tú eres la espectadora, la actriz y la crítica a la vez. Con el tiempo, podrás liberarte del lenguaje. El lenguaje hablado es tan solo forma, no fuerza. Cuando hacemos la puesta en escena, nos preguntamos qué es todo aquello que se puede decir al margen del lenguaje. La respuesta es todo aquello que puede verse afectado o desintegrado por este. La puesta en escena es puro lenguaje teatral. Así es como puedes vivir tu vida. Así es como puedes vivir tu vida, si quieres.

Bueno, eso no es vivir, dije yo. Él se incorporó. Ya no era una hipotenusa, sino una tangente. Fíjate, en vez de hablar puedes hacer algo así, dijo. Entonces me besó, y yo me dejé hacer hasta que ya no hubo manera de saber quién estaba besando a quién.

Al cabo de unos minutos, con la espalda contra la pared y la cabeza del cineasta entre los muslos, mi mirada se cruzó con la de la vecina del tic compulsivo, y solo entonces se me ocurrió que seguramente ella me había observado tantas veces como yo a ella, pero nunca nos habíamos mirado simultáneamente. Y sentí, en ese momento de colisión, como si me estuviera tocando a mí misma sin manos, como si el cineasta hubiese desaparecido por completo. Y entonces un recuerdo latente afloró a la superficie y se proyectó solo en mi mente.

Estaba en el instituto y un grupo de alumnos había tomado una decisión antes de la clase de Historia de segundo (estábamos estudiando el pasado reciente de Alemania): cada chico estimularía a la chica sentada a su derecha. Ninguno de nosotros había estimulado ni se había dejado estimular hasta entonces. El día anterior habíamos visto la primera hora de *Metrópolis*, de Fritz Lang, y en la siguiente clase iban a proyectar la segunda mitad de la película (el profesor, un hombre menudo de barba pelirroja, no estaba interesado en enseñarnos nada y solía ponernos películas que duraban toda la clase). Nos sentamos alrededor de la mesa y nos repartimos –chico, chica, chico, chica– mientras, en el otro extremo de la mesa, la pantalla permanecía en pausa. Reanudamos el visionado en la escena en que la ciudad de los trabajadores se inunda y los niños huyen hacia el centro, vadeando el agua como los ponis de Chincoteague mientras suena una música de aires wagnerianos. De pronto noté que el botón de mis pantalones se desabrochaba y la cremallera bajaba por su engranaje como el vagón de una montaña rusa subiendo hasta la cima. En la pantalla, los niños se encaramaban a lo que parecía una escultura de Malévich mientras el agua subía a su alrededor hasta acabar convertidos en una isla de cuerpos jóvenes que se debatían como los peces del cuadro de Brueghel *Los peces grandes se comen a los pequeños*. El dedo seco que entró en mi cuerpo pertenecía a un chico que de mayor ha acabado trabajando en la CIA, al parecer. Tenía las uñas largas, sin cortar. Había una chica cosquillosa –hoy es una abogada especializada en fiscalidad– que no pudo reprimir la risa. El profesor advirtió que no estábamos prestando atención y paró la película para decirnos que, para esa escena en concreto, quinientos niños de los barrios más pobres de Berlín habían tenido que trabajar durante catorce días en una piscina de agua que Lang mantuvo deliberadamente fría. El futuro agente de la CIA no retiró la mano de mis pantalones y tuve la sensación de estar tocándome a mí misma sin manos. Al salir de clase intentó besarme, y yo lo rechacé con buenas palabras pero le di las gracias.

Y en ese instante se hizo evidente que el cineasta seguía queriéndome, que lo que yo había tomado por lástima era en realidad amor. Cuanto más tiempo permanecía entre mis muslos, más lejos de él me sentía. Como si tuviera la cabeza a cien kilómetros de donde estaba mi cuerpo. Pensé otra vez en Hanne Darboven, en algo que un amigo suyo, un artista minimalista, había dicho en el momento de su muerte: «Estaba construyendo su propio mundo personal, el único mundo jamás creado para ella».

Tenía la curiosa sensación de estar sentada en medio de un charco de líquido. Como si acabara de romper aguas. Como si estuviera a punto de dar a luz y la cabeza del cineasta me estorbara. Y entonces me di cuenta de que su vaso de agua había volcado. Yo, por mi parte, decidí que ya estaba bien y procedí a fingir un orgasmo.

Al día siguiente, el hipnoterapeuta era todo aristas. Una sombra le había cortado la cara en dos como un bisturí. Parecía una galleta con forma de medialuna. Empecé a hablar, pero él me pidió que me callara, me cogió entre las manos y me llevó hasta la ventana. ¿Los oyes?, preguntó. Pero yo solo alcanzaba a oír su respiración. Una fuerte respiración nasal. Son los carillones de viento de Paolo Soleri, dijo, mis campanillas de Cosanti... ¡El viento está soplando hacia el este! Cuando el viento sopla hacia el este, explicó, el árbol canta. Lo único que yo veía a través de la pantalla del portátil era una rejilla de aspecto maleable, la mosquitera de su ventana. Me dijo que Cosanti era la unión del sustantivo «cosa» y el prefijo «anti». Me dijo que todos los años, el primer fin de semana de septiembre, su mujer y él se iban en coche hasta Paradise Valley, en Arizona, con el fin de comprar un nuevo carillón de viento para su pino carrasco, del que ya colgaban treinta y dos campanillas. Cuando el viento sopla con fuerza, sobre todo si viene del Pacífico, el sonido del árbol puede resultar abrumador. Está pensado para que así sea, comentó. Me dijo que, décadas atrás, tras completar su primer y único curso en la facultad de Arquitectura, había pasado el verano como aprendiz en Cosanti a las órdenes del maestro campanillero, otro italiano que tenía un don para trabajar el cobre.

Le dije que era curioso que mencionara la arquitectura. Esto sucedió durante las semanas de dosis aumentada en las que experimenté una creciente sensación de pesar. Un pesar que era como el agua que se vierte en un vaso y luego se mete en el congelador, un sentimiento que se vuelve duro y acaba agrietando cuanto hay a su alrededor. Un pesar oceánico que me demostró, solo en ese instante concreto, que nunca hasta entonces había sentido verdadero pesar.

Le dije que lamentaba no haber sido arquitecta, que descendía de una larga estirpe aquejada de ese mismo pesar, incluida mi madre veterinaria, que compartió piso con dos arquitectos mientras estudiaba en la facultad y dudó de su vocación mientras aprendía a drenar las glándulas anales de las mascotas domésticas. Yo había heredado ese pesar. Me había convencido de que deseaba que la gente me confiara su suelo, paredes, techos.

La enfermedad, las lesiones... son formas de castración, dijo él. Es lógico que sientas el deseo de erigir, verbo que no en vano comparte etimología con «erección». De todos modos, no le sorprendía: muchos arquitectos son compositores o intérpretes musicales, o les gustaría serlo, y viceversa. Es evidente, dijo, que la música es la arquitectura del sonido. Le dije que tenía la sensación de pasar la mayor parte del tiempo entrevistándome a mí misma. Cada día era una larga entrevista que parecía prolongarse incluso mientras dormía. Él dijo que eso era bueno, que me ayudaría a percibir un espectro más amplio de la existencia.

Su mujer pasó delante de la pantalla sin detenerse, convertida esta vez en un alargado borrón negro. Estaba inmersa en un proyecto de escritura y le faltaban horas. Había dejado la pintura a un lado para dedicarse a algo que se concentraba en un periodo de tiempo predeterminado: un mes. Necesitaba esa limitación. El hipnoterapeuta me explicó que estaba escribiendo una novela romántica –un romance con uno mismo–, pero le gustaría que se leyera como un cuadro.

Me dijo que empezaría la sesión leyendo una cita

de D&G relacionada con la manera en que el sonido y el estribillo se trasladan a lo visual. ¡Dolce y Gabbana no! Deleuze y Guattari..., no italianos, sino franceses..., no moda, sino filosofía...

Un pájaro de los bosques lluviosos de Australia canta con un canto complejo compuesto de sus propias notas y de las de otros pájaros que imita en los intervalos: es un artista completo. No son las sinestesias en plena carne, sino los bloques de sensaciones en el territorio, los colores, posturas y sonidos los que esbozan una obra de arte total. Estos bloques sonoros son estribillos; pero también hay estribillos posturales y de colores; y las posturas y los colores siempre se introducen en los estribillos. Reverencias y posturas erguidas, rondas, trazos de colores. Todo el estribillo en su conjunto es el ser de sensación. Los monumentos son estribillos...

Todo el estribillo en su conjunto es el ser de sensación.
Todo el estribillo en su conjunto es el ser de sensación.
Todo el estribillo en su conjunto es el ser de sensación.

Repitió esta frase varias veces y, cuanto más pensaba en ella, menos la entendía.

Todo el estribillo en su conjunto es el ser de sensación.

Todo el estribillo en su conjunto es el ser de sensación.

Todo el estribillo en su conjunto es el ser de sensación.

La mujer del hipnoterapeuta pasó por delante de la pantalla varias veces, convertida en fugaces borrones negros: lo opuesto a un fantasma. Él me pidió una vez más que me permitiera percibir los sutiles cambios que se producían en los sonidos de un momento a otro.

Me dijo que me fijara en mis manos, en las partes de mi cuerpo que descansaban sobre los cojines. Me dijo que notara la sensación de pesadez corporal a medida que me relajaba. Me dijo que es agradable sentir algo familiar mientras aprendes algo nuevo. Toma consciencia de las partes de tu cuerpo que se apoyan en el sillón. Y cómo el sillón, a su vez, se apoya en el suelo, que se apoya en paredes y vigas, y cómo bajo el suelo hay otros suelos cada vez más profundos. Eso es... Y entonces empezó a contarme una historia sobre la búsqueda... El marido hurgó en la basura que había debajo del fregadero de la cocina. Estaba buscando. Estaba buscando algo que había desaparecido. Un bistec. ¿Dónde se habría metido?... Y no recuerdo el resto de la historia porque entré en el estado que él pretendía inducirme.

Tras la sesión, saqué a la perrita de paseo por la ruta habitual. Seguíamos a las ratas. En el vestíbulo me crucé con la vecina de abajo, que lucía unas aparatosas gafas de sol y estaba revisando su correspondencia.

Cuando le pregunté dónde iba a pasar las fiestas, me dijo que Jesús había nacido en septiembre y que la Navidad es opio para las masas. Que a ella no le iban ni el opio ni las masas. Dijo que le gustaba el Primero de Mayo. Los rituales de fertilidad paganos. Los bailes de cintas. Los ramos de flores. El Primero de Mayo siempre había sido uno de sus días preferidos. Parecía desanimada.

Esa noche dijeron en las noticias que varios funcionarios del Gobierno estadounidense destinados en La Habana habían oído un extraño pitido y, poco después, habían empezado a experimentar mareos, náuseas e insomnio. Que no eran capaces de concentrarse como antes de oír ese sonido. Que algunos de ellos habían sufrido una súbita pérdida auditiva. Se sospechaba que podía ser un caso de histeria colectiva, pero los médicos que examinaron a los afectados constataron que todos los pacientes tenían daños idénticos en el oído interno. Un médico de Miami emitió un comunicado oficial en el que se limitó a afirmar: «Esta gente ha sufrido una lesión y no sabemos a ciencia cierta cómo ha sucedido».

En el comunicado se decía que los diplomáticos y funcionarios estaban en su casa o en una habitación de hotel cuando los sorprendió un ruido, seguido de la sensación de presión craneal, y que algunos de ellos se expusieron más al sonido de forma involuntaria deambulando en busca de su origen. Al abrir la puerta de la calle, el sonido cesaba.

En el informe se señalaba que esos ataques acústicos habían sucedido entre diez y catorce meses antes —es decir, eran agua pasada— y yo caí en la cuenta de que había estado en La Habana por esas mismas fechas. Me quedé en una *casa particular* en Vedado, muy cerca del Malecón, a escasas manzanas del lugar donde se alojaban muchos de los funcionarios estadounidenses afectados. Fue un viaje corto, de tan solo tres días, para visitar a una amiga que por entonces trabajaba en el Taller Experimental de Gráfica, el centro de grabado más antiguo de Cuba.

Durante el primer día de mi estancia, mi amiga me llevó al Museo Nacional para ver la obra de Belkis Ayón, grabadora cubana que trabajó de forma casi exclusiva con tonalidades de blanco, negro y gris. Su obra se centró en los rituales e imágenes del culto abakuá, una fraternidad religiosa secreta de origen afrocubano. Sus grabados suelen incluir figuras humanas con grandes ojos, pero sin boca ni orejas. A los veintiséis años, Ayón fue seleccionada para representar a Cuba en la Bienal de Venecia (su padre y ella fueron en bici hasta el aeropuerto, cargados con las obras de arte). A los treinta y dos, se mató de un tiro en la cabeza con la pistola del padre.

Esa noche, después de una cena tardía, paseamos por La Habana Vieja y comimos *turrón de coco* en la plaza San Francisco. Un chiquillo intentó venderme un par de claves. Nunca había estado en España, pero le dije a mi amiga que así la imaginaba, refiriéndome a la arquitectura. Nos detuvimos en la Basílica Menor de San Francisco de Asís, un convento franciscano construido en el siglo XVI donde, casualmente, Leonardo Gell, un prestigioso pianista portorriqueño, daba un recital esa noche. Cuando empezó a sonar la música, una numerosa colonia de murciélagos apareció de pronto y empezó a revolotear por encima del pianista. Varios clérigos acudieron desde las galerías porticadas blandiendo escobas y fregonas, y a uno de ellos se le cayó el tupé. El pianista interrumpió el recital y apoyó las manos sobre el regazo. Negó con la cabeza y se pasó la mano por el pelo negro. Se remangó la camisa para mirar la hora en su reloj de pulsera. Tanto él como el público esperaban en silencio. Solo se oía el zumbido de los murciélagos surcando el aire y, de vez en cuando, el palmetazo de una fregona que había dado en el blanco. Finalmente, un hombrecillo ataviado con un hábito negro gritó, fregona en mano: *Lo sentimos. Hay una infestación.* El pianista abandonó el escenario.

Pasé el segundo día en la *casa particular* con una intoxicación alimentaria, las cortinas corridas. Al tercer día, fuimos en coche a una playa que quedaba a una hora de distancia de la ciudad, famosa por los añicos de cristal pulidos que se acumulaban en su orilla. En un extremo de la playa se alzaba un trío de rascacielos soviéticos abandonados. No había cristales en la orilla. Un nubarrón negro se formó sobre el horizonte y nadamos en el mar hasta que la tormenta se nos echó encima. Mi amiga había venido a Cuba tiempo atrás para esparcir las cenizas de su padre y allí se había quedado. Mientras nadábamos, me contó que las había esparcido allí, en Santa María del Mar. La lluvia arreciaba cuando volvimos al coche. Las líneas blancas de los relámpagos caían sobre los postes metálicos que delimitaban los campos de caña de azúcar a lo largo de la carretera. Al día siguiente volví a Nueva York a primera hora de la mañana.

Dejé de leer las noticias. Llamé a mi amiga de Tesalónica y me salió el buzón de voz. Llamé a otro amigo con el que rara vez hablo, pero que siempre contesta, y me salió el buzón de voz. Llamé al cineasta y me salió también el suyo. Llamé a mi madre y tres cuartos de lo mismo. Por un momento, temí ser la única persona que quedaba con vida, pero alguien estaba haciendo un bistec a la plancha, me llegaba su olor. Mientras apagaba las luces, caí en la cuenta de que pasaba buena parte del tiempo mirando a través del espacio que separaba la cocina de la zona de estar, de que la mayor parte de mi vida discurría dentro de ese pequeño y particular marco. Me acerqué a la ventana y pensé en una cita de Queneau: «Los tejados de París, tumbados boca arriba con las patitas en alto».

En el foro, MusicMan58 escribió: «En la sordera, la vida es... implícita».

La siguiente sesión tuvo lugar al poco de empezar el año. El hipnoterapeuta llegó a su marco calado hasta los huesos. La luz difuminaba los contrastes y su rostro parecía poco definido. Empezó sin preámbulos y me pidió que me concentrara en un solo objeto de la estancia. Me dijo que me transfiriera a ese objeto. Me pidió que me convirtiera en ese objeto, fuera el que fuese. Quédate ahí, dijo, señalando un punto indeterminado. Luego programó un temporizador y abandonó el marco.

Yo fijé la mirada en un objeto no de mi estancia,

sino de la suya, un pequeño cuadro negro que distinguí en la esquina superior izquierda de la pantalla.

Recordé haber leído algo sobre un artista que practicaba la pintura de campos de color y afirmaba que una mancha roja es menos roja que una pared roja. Entonces pensé que un instante de silencio era menos silencioso que un largo trecho de silencio. Pero comprendí que ese largo trecho de silencio, a su vez, había empezado a atronar con más fuerza que nada de lo que había oído hasta entonces.

La imagen se había congelado sin que me diera cuenta, y cuando el hipnoterapeuta volvió a la pantalla estaba completamente seco y me preguntaba cuánto tiempo habíamos estado sin conexión.

Dijo que ese ejercicio se llamaba El Retrato. Me preguntó si había podido transferirme a algún objeto de la estancia, ya que eso me permitiría hacer un autorretrato que era como un objeto *ready-made*.

Le dije que no, pero que volvería a intentarlo en el futuro. Él repuso que solo estaba allí para proporcionarme las herramientas y me preguntó qué objeto había elegido. Le dije que había elegido el cuadro de la esquina superior izquierda de su pantalla. Él me dijo que, en adelante, no debería elegir una obra de arte como objeto de mi retrato y se disculpó por no habérmelo advertido de antemano.

Me contó que el autor de ese lienzo no era famoso por sus cuadros, sino por sus marcos. Que ese en concreto ni siquiera lo había hecho el pintor famoso por sus marcos, sino un enmarcador del Garment District de Nueva York. Ese cuadro no era conocido por nada

89

más que por estar colgado donde estaba. Se lo había regalado un amigo —que, a su vez, lo había recibido como herencia— y había llegado a casa del hipnoterapeuta por correo postal, acompañado de un email impreso que decía: «Las flores son crisantemos».

El hipnoterapeuta dijo que el cuadro le gustaba más a su mujer que a él. Le parecía bonito, pero, al igual que yo, desconfiaba de los bodegones con fondo negro y fuentes de luz no naturales. «Óleo sobre lienzo, 1970» o algo así. Dijo que el pintor había enmarcado el retrato de Ginebra de Benci que pintó Da Vinci, *La adoración de los Reyes Magos* de Giotto y varias obras de Kline y Motherwell. Me enseñó una postal que reproducía el retrato de Da Vinci con el marco en cuestión. Dijo que Léger ejerció de mentor del enmarcador mientras estuvo en París becado por la Ley de Reajuste de Militares y le aconsejó que dejara la pintura. En el programa *Sunday Morning* de la CBS, un corresponsal dijo que el nombre del pintor de los crisantemos en el jarrón blanco era al mundillo de la enmarcación lo que Kleenex a los pañuelos, un estándar.

Descolgó el cuadro de la pared y lo acercó a la pantalla. Fíjate, dijo. Las flores se pintaron como fotogramas, no como fotografías. Poseen cierta continuidad: una roja, una no roja, otra roja, otra blanca y dos más que no son blancas ni rojas. Lo que le encantaba del cuadro era que se había pintado como si estuviese oscureciendo, como si la luz acabara de extinguirse en la estancia y las flores estuvieran a punto de volverse invisibles. Dijo que un arquitecto paisajista comentó en cierta ocasión: «En realidad, son peonías».

Me dijo, mientras se apartaba de la pantalla, que acababa de recibir un mensaje de correo del oyente de Atenas, que le había enviado una foto de la superluna elevándose sobre la Acrópolis, tomada desde la azotea del hotel Grande Bretagne. Le dije que la noche anterior una cantante había muerto al precipitarse al vacío desde el tejado de su edificio, al que había trepado para contemplar la misma Luna. La Luna, tan henchida de sí misma, haciendo aquello por lo que es famosa, dijo el hipnoterapeuta. Así que hoy las flores son para la cantante, dijo mientras volvía a colgar el cuadro negro en la pared. Le dije que esa cantante me recordaba a Ginebra de Benci: rizos pelirrojos en torno al rostro, bella, florentina, muerta. Cuando una vida se extingue es como un marco, dijo él, te dice exactamente dónde mirar para ver algo completo como objeto de arte. Hay días en los que somos menos nosotros mismos. Hay días en los que somos el reverso del retrato.

Llegados a la segunda semana del año, solo había recibido un mensaje del cineasta desde que estaba en Los Ángeles, una foto de su nueva cocina: sobre los fogones, el hervidor de acero inoxidable que yo le había regalado por su cumpleaños tres o cuatro años atrás; la pelirroja aparecía de espaldas, sacando algo de la nevera. Acompañaba la foto un sucinto mensaje: «En mi último sueño aparecías tú...». Decidí no contestarle.

Hay gente que miente sobre sus sueños. Se los inventan sobre la marcha. Se conceden permiso para hacerlo. Sienten una súbita necesidad de entretener, de decir algo sin ningún significado discernible, ya sea un sueño escabroso o uno sutil en el que no pasa gran cosa. Luego están los que mienten diciendo que han soñado contigo o sobre ti. Por lo general, son personas que quieren ponerse en contacto contigo, aunque no tengan ningún motivo para hacerlo. Les da demasiado miedo decir: «He pensado en ti». Todo el mundo lo hace en algún momento de la vida, creo. Yo lo hice una vez y fue rarísimo. Un sueño es una mentira imposible de desenmascarar...

Rara vez sueño y, cuando lo hago, no recuerdo haberlo hecho. Lo último que recuerdo haber soñado fue que gritaba: «¡Reza por mí!», a lo que alguien replicaba en el mismo tono: «¡Reza por ti misma!». Nunca he rezado. Pero, fijaos, esto también podría ser una mentira...

Nevó, y luego llovió. Dios siempre está deshaciendo algo. Mi amiga de Tesalónica me llamó justo cuando iba a meterme en la ducha para decirme que había conocido a alguien. Un anarquista. Era el mejor amante que había tenido nunca, pero no aprobaba su adicción a las compras online ni que recibiera financiación por parte del Gobierno griego. El anarquista entró por la puerta y ella tuvo que colgar antes de que yo pudiera decir una sola palabra.

Entré una vez más en el foro, donde conté cinco personas que decían oír el mismo sonido fantasma: la canción «Noche de paz».

Saludos desde los lagos finger. Mujer con pérdida auditiva severa, que empezó con Noche de paz.

Suena como un coro masculino. Un coro excelente. Puedo hacer que cambien el repertorio.

Oigo Amazing Grace y Noche de paz. A veces oigo música country tradicional. Lo estaba pasando tan mal en casa de mi hermana que bajé al salón y dormí en el sofá. Entonces dejé de oírlo. ¿Cómo puede ser?

Ya no es el himno nacional, Noche de paz ni el Mesías de Haendel, sino un zumbido constante que recuerda un enjambre de abejas. El problema es que merma mi capacidad para escuchar música de verdad, en un concierto, en la tele, en un cedé, etcétera. La música de verdad suena distorsionada y tan desafinada que apenas reconozco lo que escucho.

¡Hola! Aquí mujer 18a. Pérdida auditiva moderada en ambos oídos. Oigo música metal cuando el ventilador de mi habitación está vuelto hacia mí. Si lo pongo en modo oscilante o a la mínima potencia, oigo Noche de paz... Lo que me recuerda a la iglesia y, sin ánimo de ofender a nadie, no soporto la iglesia.

Empezó con una versión del Himno de batalla de la República interpretado por una banda musical, a la que se han sumado varias más, Noche de paz suena a menudo, pero por lo general puedo manipularlas para cambiar de tercio cuando me ponen de los nervios...

Últimamente dedicaba mis veladas a escuchar la música que no quería olvidar. Creía que, cuanto más escuchara esas canciones, más claramente podría reproducirlas en mi mente en el futuro, cuando ya no pudiera oírlas. Restringía lo que escuchaba, temiendo que hubiese un límite a lo que podía retener con detalle. Sin embargo, pronto me cansé de esa exigua selección y de su carácter repetitivo, temiendo que ese proceso de tatuaje sonoro acabara privándome del placer de escuchar la música propiamente dicha. Ya no asociaba las canciones con recuerdos, sino que las canciones en sí se habían transformado en recuerdos. Dejé de escuchar música por completo. La más alta fidelidad sonora está en la mente.

El hipnoterapeuta dedicó una parte de nuestra última sesión a leer en voz alta un relato de su libro sobre hipnosis ericksoniana acerca de una joven de mi edad que, mientras pasea por un pueblo del norte de Italia, se topa con una fábrica de calderas. Me pidió que cerrara los ojos y empezó:

> Las cuadrillas se atareaban en doce calderas a la vez y había tres turnos de operarios trabajando noche y día. Esos martillos neumáticos funcionaban sin cesar clavando remaches en las calderas. La joven oyó el ruido y quiso averiguar de dónde provenía. Entró en la fábrica, pero no pudo oír a nadie hablando. Veía a los operarios charlando entre sí y al capataz moviendo los labios, pero no alcanzaba a oír lo que

decían. El capataz sí oyó lo que ella dijo: le pidió que salieran fuera para que pudieran hablar, y entonces solicitó permiso para extender su manta en el suelo de la fábrica y dormir allí durante una noche. El capataz pensó que no estaba bien de la cabeza. Ella le explicó que era estudiante de Medicina y que le interesaban los procesos de aprendizaje, y el hombre acabó accediendo. Se lo explicó a la cuadrilla y dejó una nota para el siguiente turno. Por la mañana, al despertar, la joven oyó a los operarios hablando sobre una chica tonta de remate. ¿Qué diantres hacía durmiendo en el suelo de la fábrica? ¿Qué creía que iba a aprender?

Mientras el hipnoterapeuta leía en voz alta, yo escuchaba sin abrir los ojos, pero me di cuenta de que una sonrisa obstinada se había adueñado de mi rostro. Tan obstinada que todo intento de curvar hacia abajo las comisuras de los labios hacía que se curvaran en la dirección contraria. La fuerza de tracción de esa sonrisa era como intentar sacar de paseo bajo la lluvia a dos perros cuyas casas quedaran en direcciones opuestas. Me eché a reír y me sentí avergonzada, temiendo ofenderlo. El relato no tenía nada de cómico más allá de su nulo efecto sobre mí. Ante la desesperanza de mi situación y lo banal de la historia, me invadió una tristeza que dio paso a la risa.

Él continuó:

> Esa noche, mientras dormía, la joven logró bloquear el horrible estruendo de los doce martillos

neumáticos y al día siguiente era capaz de distinguir el sonido de las voces, las voces de la fábrica.

Y siguió leyendo, pero era como si se dirigiera a mí:

Te zumban los oídos, pero no has pensado en afinarlos para no oír ese rugido. E intentas recordar. Ha habido un buen puñado de ocasiones esta mañana, esta tarde, en las que no te zumbaban los oídos. Cuesta recordar las cosas que no suceden. Los oídos no te zumbaban, pero la ausencia de sonido hace que no lo recuerdes. Ahora lo importante es olvidar el zumbido y recordar la época en la que no existía. La joven aprendió en el plazo de una noche a no oír los martillos neumáticos y sí la conversación que se le escapaba el día anterior...

Mientras él seguía leyendo, me vinieron a la mente unas escenas gemelas de la película *Diario íntimo de Adèle H.*, protagonizada por Isabelle Adjani. Adèle sigue a su examante desde París hasta Halifax en un intento por recuperar su corazón. En Halifax asiste a una sesión de hipnosis que tiene lugar en un pequeño teatro local. Una hilera de velas bordea el escenario de madera. Mientras se dispone a inducir un trance a su sujeto, una joven, el hipnotizador la tranquiliza: No pasa nada, puedes relajarte, todo va perfectamente. Tiene voz de locutor de radio, luce un fino bigotillo y la cara le brilla a causa del sudor.

La joven se tumba boca arriba sobre un armazón de madera colocado en el centro del escenario; la estampa tiene un aire quirúrgico, como si el hipnotizador fuera a abrirla en canal. Mientras se inclina sobre el cuerpo menudo de la mujer, este vuelve a decirle: Todo va perfectamente..., eso es, tranquila. Y justo entonces, mientras ella sucumbe al trance, un hombre ataviado con la guerrera roja de la policía municipal se levanta entre el público y empieza a abandonar su fila al tiempo que grita: ¡Es una patraña, todo es mentira! El hombre le ordena al hipnotizador que se marche y este replica que, si tan listo se cree, que baje hasta allí para demostrar que está en lo cierto. Mientras el alborotador baja los escalones que llevan al escenario, el hipnotizador saca a la mujer del trance. Anuncia que, al contar hasta tres, ella se despertará. Uno, dos, tres. La joven abre los ojos como si lo hiciera por primera vez y se inclina en una reverencia. El público rompe a aplaudir y ella se marcha. El hipnotizador se vuelve hacia el colérico hombre de la guerrera roja, que ahora está sobre el escenario, y le pide que se ponga cómodo. Le dice que, en vista de su predisposición, no le queda más remedio que hipnotizarlo. Le pide que se quite el sombrero y se olvide de todo, que lo escuche con atención, se concentre y obedezca todas y cada una de sus órdenes.

Está usted muy cansado, muy cansado. Sus manos, sus brazos son muy pesados, las piernas también le pesan mucho, como si fueran de plomo. Dentro de unos momentos caerá en un profundo sueño. ¡Atención! A la una, sus párpados van cayendo pesadamente. A las dos, sus ojos se han cerrado. A las tres, duerme usted a pierna suelta. Hace un hermoso día y está usted remando en un lago precioso... Hace mucho calor, un calor sofocante.

El hombre de la guerrera roja se pone a remar vigorosamente con los ojos cerrados y no tarda en empezar a sudar... Hace mucho calor y rema usted con fuerza. Más fuerte, más fuerte, le queda un largo trecho. Hace mucho calor al sol, puede usted desabrocharse la guerrera. Ahora está usted remando con mucha fuerza. Bien, bien. Más fuerte, más fuerte. Puede desabrocharse también los pantalones. El hipnotizador se vuelve hacia el público y dice que, si él quisiera, podría hacer que ese hombre dejara la policía para terminar sus días en un monasterio, pero añade que no hace falta llegar a ese extremo. Ya es suficiente. Cuando el hipnotizador cuente hasta dos, el hombre de la guerrera roja se despertará y se irá: Uno, dos, y el hombre abre los ojos de pronto y pone pies en polvorosa, marchándose del escenario y del teatro a medio vestir. El público enloquece.

Después del espectáculo, Adèle busca al hipnotizador entre bastidores y le dice lo mucho que le ha impresionado su trabajo, pero que está allí por algo más. Mientras el hombre se quita el bigote postizo delante del espejo con crema hidratante, le dice lo intrigada que le ha dejado su poder. Él contesta que es tan solo el instrumento de una fuerza superior. Ella le revela que le gustaría contratarlo a título personal y le pregunta si podría cambiar los sentimientos de alguien. Él le pide un ejemplo. Trocar el amor en odio, o viceversa. Él dice que, sintiéndolo mucho, solo tiene poder sobre los cuerpos, no sobre las almas (y yo pienso para mis adentros: lo mismo vale para cualquier médico). Lo único que puede hacer es obligar a ciertas personas a realizar actos contrarios a su voluntad. La joven sugiere que, en vez de hacer que alguien la ame, lo obligue a casarse con ella. Eso sería posible, pero harían falta dos testigos y un cura. No es fácil, pero tampoco imposible, tan solo cuestión de dinero. Mientras se ponen de acuerdo en la cifra, el hombre de la guerrera roja que había huido medio desnudo irrumpe en el camerino, ahora vestido de paisano y llevando en las manos el uniforme rojo doblado, el sombrero y la placa de policía. Le pregunta al hipnotizador dónde quiere que guarde el disfraz para la siguiente función.

Mientras veía hablar al hipnotizador, me imaginaba quitándome la ropa al finalizar la sesión, doblando mi disfraz, mi jersey azul, y pasándoselo a través de la pantalla, devolviéndoselo para la siguiente función.

¿Cómo te sientes ahora?, me preguntó tras decirme que abriera los ojos, aunque ya los tenía abiertos. Le dije que hoy era un día de mayor claridad, y que los días más claros, cuando la inflamación había bajado, cuando mi propia voz se había calmado y las demás volvían a sonar con más fuerza, sentía un familiar pánico a la felicidad verificable o, mejor dicho, a la conciencia anticipada de su pérdida. Hasta la más leve brisa podría llevársela por delante...

Él dijo que, si bien estaba llevando a cabo un ensayo sobre la hipnoterapia como tratamiento paliativo, era mucho más que eso: la impotencia podía dar pie a cosas maravillosas, se parecía a una red muy grande con agujeros enormes, y yo debía estar dispuesta a arrastrar esa red por el fondo marino durante algún tiempo antes de sacarla para ver qué había pescado. Por supuesto, uno siente que cualquier enfermedad progresiva se mueve más deprisa que el tiempo, que lo adelanta, que deja a los días sin aliento tratando de alcanzarla. Le expliqué mi sensación de que el reloj devoraba los minutos a toda velocidad y él me dijo que dejara de imponer mis propios sentimientos al tictac del reloj. Y así, sin más, se nos acabó el tiempo.

Más tarde, en el foro, una chica de veinte años escribió sobre su miedo al sexo: le preocupaba la posibilidad de rebuznar como un burro o, peor aún, como un monstruo, durante el acto sexual. Lo que de veras le molestaba, dijo, era que, incluso cuando la gente se deja llevar, siempre conserva cierto grado de inhibición, lo que en su caso no era posible, pues no sabía qué debía inhibir. Otra mujer le sugirió que, si no estaba segura de lo mucho o poco que gritaba al correrse, podía plantearse dejar un portátil o móvil grabando el sonido mientras «se ocupaba» de sí misma. Los decibelios quedarían así registrados y ella sabría si gritaba tanto como temía. Si era así, podría practicar para tener éxtasis menos ruidosos. En el mismo hilo, dos hombres debatían los pros y contras de frecuentar bares y discotecas en los alrededores de Gallaudet, una universidad para personas con sordera. Uno de ellos apuntó: «Puedes dar rienda suelta a todo eso que siempre has querido decir entre las sábanas».

III

De pronto estábamos a finales de enero: habían pasado cinco meses. Después de la siguiente prueba de audición, el especialista determinó que, si bien al principio mi pérdida auditiva había sido como una carrera de montaña solo apta para atletas profesionales, ahora había bajado a un nivel intermedio, más asequible. Y yo percibí esa superficie nevada y difusa que se abría ante mí, blanca, ralentizada. Una ligera brisa en el pelo. Una carrera más larga y amplia. Podía apreciar el paisaje a mi alrededor mientras bajaba plácidamente. Era un descenso más tranquilo. Yo nunca había esquiado. El especialista me dijo que se trataba de una fase más, que era habitual. Dijo que había un nuevo ensayo clínico en Los Ángeles, en un instituto médico privado que se dedicaba exclusivamente a las dolencias del oído. El edificio tenía forma de concha marina, dijo, tal como el recorrido en espiral de la cóclea. Típico de Los Ángeles, ¿verdad?, añadió.

Yo cumplía los requisitos para participar en el ensayo. El especialista me dijo que debía probar todo lo que tuviera a mi alcance, que las ventanas se cierran y acaban convirtiéndose en muros. Señaló que la médica al frente del ensayo era una mujer excepcionalmente bella. Como él era gay, podía decir ese tipo de cosas, puntualizó. La médica se parecía a Jane Fonda.

Escribí al cineasta para decirle que iba a ir a Los Ángeles y recibí una respuesta inmediata en la que insistía para que me quedara en su casa, con él y su novia. Tenían un cuarto de invitados. Pasaría allí cuatro días en total, dos de tratamiento, dos de ocio. La semana siguiente partí hacia California.

Nada más aterrizar en el aeropuerto de Los Ángeles, me llegó un mensaje. El cineasta no iba a estar esa noche, pero su novia iría a recogerme a la zona 4 de llegadas en un Subaru color bronce con una baca en el techo. Cuando salí del aeropuerto, la luz del sol me golpeó como la sonrisa de un desconocido que me sentía incapaz de devolver. Y luego estaba la sonrisa de la novia, que me llamó a voz en grito como si fuéramos viejas amigas. Ya no era pelirroja, sino rubia. Se había teñido para otro papel. Había un cofre portaequipajes en lo alto del coche que parecía un ataúd aerodinámico.

Sobre el salpicadero había varias piedras, una concha marina, un cortaúñas, agua de rosas. Me preguntó de buenas a primeras si me apetecía ir a un mercadillo de garaje. Era domingo y una antigua estrella del pop de origen sueco, madre reciente y divorciada, celebraba un mercadillo en su casa. Era una amiga de una amiga de una amiga, dijo, y nos pillaba de camino. Me preguntó qué número calzaba. Treinta y ocho. Ella calzaba un treinta y ocho y medio, y había oído decir que la estrella del pop tenía el mismo pie. Me acordé de la fase de mi infancia en la que había buscado compulsivamente qué número calzaban las famosas. Mientras bajábamos por un bulevar, el cielo se extendió ante nosotras completamente despejado y de un tono azul uniforme, como el telón de fondo de los retratos de un anuario escolar. La novia dijo que me estaba perdiendo una tormenta de nieve en Nueva York. Yo repuse que lo sabía, que me encantaba la nieve. En el avión, con los motores en marcha, había intentado determinar si el silencio era traslúcido u opaco. No llegué a ninguna conclusión. Pensé en la nieve... Cuando algo dura lo bastante, se vuelve tan omnipresente que uno pierde de vista su final. En los aviones siempre hay un momento en que el motor baja de revoluciones o cambia de cadencia, y en ese instante esperamos, entre pacientes y expectantes, a descolgarnos del cielo. A mí me pasó mientras sobrevolábamos Arizona.

En la interestatal 110, estando detenidas a la altura de South Figueroa, la novia me dijo que era fantástico que siguiera teniendo una relación tan buena con el cineasta, y añadió que ella no podría seguir queriendo a alguien una vez que había decidido dejar de hacerlo. Que la continuidad en el amor es un don. Me preguntó si seguía queriéndolo, asegurándome que podía decirle la verdad. No exactamente, contesté. Ella me dijo que yo tenía un cuerpo precioso. Que el antiguo ordenador del cineasta era ahora suyo y que había visto muchas fotos mías. Me preguntó si me gustaba Los Ángeles. Le pedí que cerrara las ventanillas del coche; no oía una sola palabra de lo que decía.

Le dije que en Los Ángeles siempre tenía la sensación de estar en las afueras de la ciudad, como si nunca acabara de llegar. A ella le gustaba esa característica de Los Ángeles; en realidad, le encantaba. Dijo que era del valle de San Fernando. Le chiflaba el calor. Ese calor que te hace sentir como si estuvieras debajo del tubo de escape de un coche después de un trayecto de más de cien kilómetros. Dijo que le gustaba ese calor que podía matarte. Me contó que su madre era una nihilista y su padre, un optimista. Que él había muerto. Dijo que descendía de una larga estirpe de suicidas por el lado materno y que su madre era la única superviviente de tres hermanas. Le encantaba su vida, dijo. Por primera vez, todo le resultaba muy fácil. Con el cineasta, sin ir más lejos. Yo le dije que, por lo general, cuando algo me resultaba fácil me ponía nerviosa. Había tráfico. Ella volvió a bajar las ventanillas.

En el mercadillo, la novia se centró sobre todo en el calzado. Dijo que le pirraban los zapatos, que siendo adolescente su padre la llamaba Imelda Marcos. Oí a un hombre con muchos anillos en las manos decirle a otro que iba descalzo que esa casa la había diseñado Schindler en 1953. Desde la calle, el edificio parecía un cubo moderno de líneas rectas, pero la parte que daba al jardín era toda cobertizos y tejados a dos aguas. Como resultado, en el interior se yuxtaponían distintas alturas de techo y ejes cambiantes.

La novia me pidió opinión porque, según dijo, confiaba en mi criterio. Me cogió la mano y dijo que teníamos un sentido del estilo muy similar. Todos los zapatos le servían, y la estrella del pop salió a decirle que le habían crecido los pies media talla después de dar a luz, de lo contrario nunca se habría deshecho de esos zapatos. Se había puesto los que se estaba probando la novia para un concierto en Róterdam. Llevaba a su hijo en brazos. El niño me fulminó con la mirada y yo le sonreí, lo que al parecer aplacó su ira. La novia se volvió hacia mí y me dijo que quería tener hijos a lo largo de los próximos dos años y que, cuando eso pasara, podría quedarme con sus zapatos.

Había otra cantante en el mercadillo –conocida y admirada por un círculo específico de personas que solo se interesaban por su propio círculo específico–, ojeando los vestidos de uno en uno. Me pareció atractiva. Me recordaba una versión de mí misma que en otro tiempo creí posible. La novia dijo que la cantante menos conocida no tenía amigos, pero que había mucha gente que quería ser amiga suya, y que frecuentar la compañía de la estrella del pop de origen sueco la había ayudado a desarrollar cierta mentalidad, aunque todavía no podía permitirse una asistenta. Pasamos por una pastelería cubana para comprar pastitas rellenas de dulce de leche. La novia me dijo que era adicta a esas pastas. Nos detuvimos a repostar y me ofrecí a pagar la gasolina. Ella accedió. Dijo que, cuando llegáramos a casa, tenía que grabar una *self-tape* para enviarla a un casting antes de preparar la cena.

Desde la carretera, las montañas San Gabriel parecían achatarse sobre el horizonte, como si pertenecieran al mundo de la pintura, más que de la escultura. Sin embargo, según la luz se iba fragmentando en mil pedazos, las montañas se revelaron en todo su esplendor. Al salir de la autopista, el sol se puso al fin y los faros del coche alumbraron las motas de polvo que flotaban en el aire. Era como si cada una de esas motas luchara desesperadamente por conseguir un papel en la Gran Película del Gran Director. Me pareció estar mirando las aureolas desechadas de los supuestos ángeles de la ciudad. Y de pronto oscureció por completo. No había una sola estrella en el cielo.

El piso quedaba en la segunda planta de una casa de estilo español. El interior era todo blanco con suelos de terracota desnudos, dos sofás cama, tres libros. Todas las lámparas tenían pantallas de tela plisada. Reconocí el olor a jazmín. En la encimera de la cocina había una botella de vino sin alcohol y varios tubitos azules con bolitas de azúcar solubles de la tienda de productos dietéticos. Uno para la fiebre, otro para la depresión, otro para los golpes y magulladuras, otro para los gases, otro para el estrés, otro para los mareos del viaje, otro para el reflujo, otro para dormir. Había muchos tipos de vinagre junto a los fogones, sobre los que descansaba el hervidor que yo le había regalado al cineasta. La novia se puso a grabar su monólogo en la habitación contigua: algo relacionado con un aborto improvisado, con profusión de lágrimas.

Esa noche, a la mesa, me dijo que se sentía un poco culpable por el hecho de que el hombre al que ella quería sintiera por mí un amor no resuelto. Por el hecho de que nuestro amor hubiese precedido al suyo. Le interesaba la cronología, la respetaba. Le pregunté a qué se refería y me dijo que el orden en que las cosas suceden es importante, como si yo hubiese sugerido lo contrario. Dijo lamentar que yo estuviese pasando por lo que estaba pasando. Yo le dije que, más que estar pasando por algo, tenía la sensación de haberme convertido en ese algo. Ella me preguntó cómo podía sonreír hablando de algo tan espantoso. Me dijo que una vez tuvo que abandonar un retiro silencioso antes de tiempo porque no podía evitar articular palabras mudas o hablar en susurros. Luego se puso a fregar los platos. La veía mover los labios al son de la música, pero lo único que alcanzaba a oír era el agua del grifo.

Comimos arroz integral con verduras encurtidas –nabos, rábanos, zanahorias, colinabo, cebollas– que el cineasta había recogido antes de marcharse. Había una sola lamparita encendida en toda la casa y las ventanas y puertas estaban abiertas. Le dije que parecía haber muy pocos insectos en Los Ángeles, y me dio la razón. Le pregunté si podría quitar la música que sonaba por lo bajo...

Me preguntó si mi madre era sudamericana, porque, añadió, no parecía del todo caucásica. Le dije que era del todo caucásica. Me dijo que tenía los ojos muy separados entre sí. Dijo que quería conocerme mejor y me tocó la mano. Dijo que comprendía por qué se había enamorado él de mí. Dijo que leía sus mensajes de correo electrónico, pero que no pasaba nada, que él lo sabía. Su mano se posó sobre la mía mientras hablaba, y en un momento dado empezó a dibujar ochos con el dedo índice entre mis nudillos. Le dije que me estaba cayendo de sueño. Para mí, eran las tres de la mañana.

El cuarto de invitados no era una habitación propiamente dicha, sino más bien un rincón con un biombo de ratán y una tela con la palabra OSAKA impresa. La novia se desvistió y, cuando se volvió hacia el espejo, comprobé que teníamos senos prácticamente idénticos, incluida la forma del pezón. Me contó que hasta los nueve años había sido un chico, hasta que un día su padre dijo: No eres un chico, sino una chica, y no hubo más que hablar. La novia apagó la luz y desapareció, aunque la oí cerrar las ventanas, la oí cerrar la puerta, la oí hablar por teléfono con el cineasta y me oí a mí misma sucumbiendo al sueño.

A la mañana siguiente, de camino a la clínica, el taxista, un hombre mayor, me dijo que era angelino de segunda generación. Descendía de una larga tradición familiar de tintoreros por parte de padre y de restauradores por parte de madre, ambos originarios del Líbano.

Yo había vuelto a perder la capacidad de captar los graves, por lo que su voz sonaba como si hubiese aspirado el helio de un globo de fiesta. Mientras bajábamos por Melrose Avenue, al pasar delante de las puertas de la Paramount, el taxista me dijo que esa ciudad era mucho más que el mundo del cine y que detestaba a los actores. Tú no eres actriz, se nota a la legua. Cuando nos detuvimos en el semáforo, recordé lo que me había dicho mi casera durante la entrevista. Pensé en la réplica exacta de mi apartamento, que languidecía cubierto de polvo en algún rincón de la Paramount. Recordé a la casera diciendo que eso le iba que ni pintado, porque ella era de esas personas que siempre compraban a pares las cosas que les gustaban, por si acaso. Y en ese momento me sentí como una réplica de mí misma, como si estuviera pensando desde dentro de mi cuerpo en Nueva York, pero de pronto, al llegar al cruce de Melrose con Western, hubiese entrado en el cuerpo de una doble. Sentí que, al fin y al cabo, sí que era una actriz.

El taxista dijo que las puertas de la Paramount le recordaban la casa familiar de Beirut que ahora pertenecía a su primo, el mejor cardiólogo del Líbano. Le pregunté qué tipo de restaurante tenía su madre. De comida rápida y ambiente relajado, dijo. Es una larga historia que acaba en muerte, añadió. Durante un rato, circulamos en silencio. La ventanilla estaba agrietada y hacía un ruido que recordaba al de una manta sacudida enérgicamente para que soltara la arena. Nos incorporamos a la autopista. El taxista dijo que debería tener una casa en Calabasas, pero que su primo, el mismo que regentaba el negocio familiar, mató a tiros a su propia madre y a su hermana antes de quitarse la vida. Esas muertes habían dividido a la familia, dijo, impidiendo que el negocio prosperase. Me preguntó si había ido al Zankou Chicken. Contesté que no. Bien, no vayas, dijo. Y de nuevo avanzamos en silencio hasta que me dejó frente a un edificio con forma de concha marina, con forma de oído.

Dentro del instituto no había apenas pacientes, pero sí jóvenes ataviados con bata blanca que entraban y salían por las puertas con el aire de quien se sabe importante. Uno de esos jóvenes vino a recibirme a la zona de espera y se encargó de mi admisión. Me acompañó al primer examen y, ya en la cabina de pruebas, descubrí que la voz masculina que me hablaba era idéntica a la de Nueva York y decía las mismas cuatro palabras: «béisbol», «perrito caliente», «helado», «avión». Esas palabras iban bajando de volumen progresivamente hasta desaparecer por completo, pero antes de llegar a eso se convertían en sonidos que intuía pero no llegaba a oír. Como si alguien frunciera los labios y soltara pequeñas bocanadas de aire. Tenía que dejar la mano levantada hasta que ya no pudiera oír una palabra y bajarla cuando desapareciera por completo. Había algo reconfortante en el hecho de que esa voz y esas palabras me hubiesen seguido hasta California.

Recordé algo que había sucedido dos años antes, mientras trabajaba a tiempo parcial para un artista audiovisual que un buen día me encargó que buscara a una actriz de doblaje que pudiera imitar la voz de la locutora oficial de los Transportes Metropolitanos de Nueva York. Pasé una mañana entera peinando las listas de los portales de empleo locales hasta que decidí buscar directamente la voz original. No hacía mucho, el *Bangor Daily News* había dedicado un artículo de interés humano a la mujer que había detrás de esa voz. Resulta que vivía en Maine con su marido, que era pastor en una iglesia local, y que grababa las locuciones desde el cuarto de invitados. Busqué el nombre del pastor y me salió su iglesia no confesional. En la página web de la iglesia había un listado con el número de teléfono y la dirección postal de todos los miembros de la congregación. Busqué su dirección, que revelaba el valor estimado de la casa y una foto de la fachada: paneles de plástico, un joven arce japonés y una cuidada extensión de césped. Sin pensarlo, marqué ese número. Al quinto timbrazo, la mujer contestó. La había pillado preparando la comida. Me disculpé al instante, avergonzada como cuando sorprendes a un desconocido usando el cuarto de baño o cambiándose en un vestidor. Me has encontrado, dijo la voz con un tono risueño que no disimulaba su incomodidad.

Le dije que sentía mucho molestarla, pero que llamaba para saber si tenía un agente con el que pudiera hablar a fin de contratarla para leer los textos de una instalación artística. La mujer me dio las gracias, pero dijo que no era la dueña de su voz. La había vendido a una empresa tecnológica, Innovative Electronic Designs, a principios de los años setenta. Tenía prohibido por contrato hablar en nombre de nadie más. Se disculpó diciendo que ella también era artista, que le encantaría ayudar a otros artistas, pero que era una mujer de palabra y no iba a hacer nada bajo mano. Cuando le pregunté qué clase de artista era, me dijo que cantaba. Quise saber qué clase de música. Soul, contestó. Me confesó que detestaba su voz hablada, pero le encantaba su voz de cantante.

Me dijo que solo había viajado en metro en una ocasión, en 1957, con su madre. Que no le gustaban los espacios cerrados. Dijo que, en el metro, su voz era la que proporcionaba información, pero que era la voz masculina la que ordenaba apartarse de las puertas. Mientras tanto, ella anunciaba los transbordos, las próximas paradas, si los trenes eran expresos o locales, si iban hacia el centro o hacia la periferia. Yo le dije que imaginaba las dos voces como un matrimonio. No, repuso ella, mi marido era pastor. Me dijo que también era la voz del metro de París, la que anunciaba las llegadas y partidas por megafonía en los aeropuertos Kennedy, O'Hare y Newark, y la voz del parque acuático Typhoon Lagoon de Disneylandia. Para este último le habían pedido un tono acorde con el universo Disney, comentó: muy sexy, pero a la vez atento y amistoso.

Entonces recordé la ocasión en la que, siendo muy pequeña, me había quedado atrapada con mi madre, una amiga y la madre de esta en Un Mundo Pequeño, la laguna estigia hecha atracción acuática de Fantasyland. Aquella fue la primera y única vez que me llevaron a un parque de atracciones. La barquita discurría por un canal en un túnel donde trescientos muñecos animatrónicos de mediados del siglo XX cantaban el tema musical de la atracción. Habíamos entrado en territorio polinesio, cruzado una selva tropical y llegado a Hawái, donde unas muñecas bailaban el hula-hula rodeadas de pequeños círculos de fuego, cuando la barca se detuvo. Oímos la cancioncilla tantas veces seguidas que, en un momento dado, dejó de sonar como una canción.

Recuerdo haber discutido con mi amiga por cuál de las dos se sentaría en la parte externa del asiento de la barca, la más cercana a los muñecos. Al final cortaron la luz y nos quedamos encerradas en el túnel, sumidas en una oscuridad tan impenetrable que ni siquiera nos veíamos las manos. Y, justo antes de que los niños empezaran a chillar, hubo un instante de silencio total, esa clase de silencio que solo sobrevive al primer escalofrío de conmoción o miedo.

La voz me dijo que había empezado su carrera como administradora en una emisora de radio de Iowa, hasta que un día le tocó sustituir al hombre que leía la previsión meteorológica. Me dijo que su voz se asocia a menudo con situaciones de emergencia. Había pasado varias horas al día en un estudio de grabación, me dijo, pero ahora, gracias a los avances tecnológicos, podían hacerle decir cosas que nunca había dicho, de modo que rara vez la llamaban. Me dijo que prefería ser una voz sin rostro a un rostro sin voz.

Me di cuenta de que le había robado mucho tiempo. Le comenté que era agradable oír su voz. «Lo mismo digo», contestó, y volvió a reírse. Me pidió que siguiéramos en contacto: voicegal2@*******.com. Le escribí un mensaje para darle las gracias por haberme atendido, al que nunca contestó.

En la cabina, cuando oí esa voz familiar, pensé en ella. Luego, al otro lado del cristal, un hombre de carne y hueso me pidió que repitiera una serie de palabras según las iba leyendo:

Di la palabra «farol».
Di la palabra «diosa».
Di la palabra «borde».
Di la palabra «confesar».
Di la palabra «lamer».

Di la palabra «bronceado».
Di la palabra «tierra».
Di la palabra «adorar».
Di la palabra «pérdida».
Di la palabra «delgado».
Di la palabra «hogar».
Di la palabra «lágrima».
Di la palabra «bucle».
Di la palabra «ayuda».
Di la palabra «escatimar».
Ese hombre no tenía nada que decir sobre mi imaginación... Se notaba que estaba en Los Ángeles.

Cuando salí de la clínica se había hecho de noche y el cineasta estaba en casa, preparando la cena con la novia en la cocina. Me senté a la mesa y los observé. Nadie habló. Olía a cardamomo. Hacía viento y las ventanas y puertas estaban cerradas, por lo que el aire se notaba enrarecido, como si fuera algo que nos íbamos pasando entre los tres. Las hojas de las palmeras azotaban el cristal como perritos pidiendo entrar en casa. El cineasta dijo que había tenido un pinchazo.

Mientras comíamos los tenía sentados enfrente, como si estuviéramos haciendo una entrevista, pero solo la novia hablaba. Se quejó de que todos los directores con los que aspiraba a trabajar querían contratar a actores sin experiencia previa. Que de repente parecía imposible que un actor transmitiese autenticidad. Que era un fenómeno general entre los directores del momento. Hablaba en voz queda.

Le dije que tenía la sensación de que todas las personas de mi vida se habían convertido en actores sin experiencia previa, que pensaba en Bresson, que obligaba a sus modelos a repetir la misma toma tantas veces que estos iban más allá de la toma para llegar a otra cosa. Que las palabras fluían a través de ellos. La inflexión se escapaba como el aire de un globo. Que era así como se manifestaba la verdadera esencia de alguien. Le dije que, para mí, todas las voces sonaban idénticas ahora mismo, que en realidad todas las voces sonaban como la mía. Como un monocromo. Como una misma toma repetida una y otra vez. El cineasta había puesto música y yo le pedí que la quitara, pero él me preguntó qué iba a hacerme la música y la dejó sonando, y la novia le dijo que la quitara y él me miró y dijo con mucho aplomo que no pasaba nada. Dijo que no podíamos protegernos de todo.

Una voz cantaba a los paralelogramos:

Paralelo-lelo-lelo-lelogram.
Spiralelo-lelo-gram.
Spiralelo-lelo-lelo-lelogram.
Quadrehedral.
Tetrahedral.
Mono-cyclo-cyber-cilia.

Y pensé en la última vez que lo había visto. La última vez que lo había visto, justo antes de Navidad, cuando había dividido mi casa en dos triángulos rectángulos. Ahora él estaba hablando y yo no lo escuchaba. Lo miraba como si fuese una fotografía. Mi escucha se activó de nuevo mientras él anunciaba que se disponía a destrozar una cita: era algo del tipo «Fue un choque entre la predestinación y el libre albedrío, entre el azar y la necesidad». Y entonces desconecté de nuevo. Me obligué a no oír algo que estaba diciendo. A no escuchar. A observar sin más. Practiqué la activación de un solo sentido, el de la vista, para comprobar qué se sentía. Practiqué ver como la novia se llevaba la comida a la boca y se limpiaba el vinagre de los labios. La vi desternillarse de risa y contagiarle la risa al cineasta. Practiqué ver como el vinagre se derramaba sobre la madera. Practiqué todo menos la escucha activa. Entonces dije que Los Ángeles era demasiado silencioso para mí. Desconecté de nuevo, pero sabía que él estaba hablando sobre la vez que fuimos los dos a ver a una adivina mientras estábamos de visita en Santa Fe, donde vivían su padre y la nueva mujer de este. Lo veía hablar. Habíamos ido a ver a una adivina que me dijo que, poco antes de cumplir los treinta, me encontraría con un cuerpo y tendría que enfrentarme a ese cuerpo. La novia me pidió que aclarase este punto: ¿Se refería a un cadáver? Le dije que no lo sabía. Dejé que las palabras siguieran resbalando sobre mí. Mientras nadábamos en la playa de Rockaway, el cineasta me había dicho que, si me sumergía lo bastante hondo, la ola no me arrastraría. Pensé: ¿es esto actuar? No estaba escuchando, pero lo oí decir que le encantaba la parte en que los transeúntes se quedaban mirando al infinito. Dijo que lo que importa es la impresión de algo y no ese algo propiamente dicho. ¿Quién es este hombre?, pensé. No lo había estado escuchando. ¿Por qué lloras?, me preguntó. ¿Estás bien?

Ahora estaba tumbada boca arriba y ellos me flanqueaban, hablando conmigo en medio. Sus palabras viajaban por encima de mí como pequeños chorros. Y entonces el cineasta se levantó para hacer té y la novia me miró y dijo que le gustaría tener unas cejas tan oscuras como las mías. Dijo que, lamentablemente, era tan vanidosa como su madre. El pelo mojado le había empapado la camisa, dibujando una mancha con la forma de Florida. Se quedó callada. En ese instante sentí que cuando alguien te habla es como si te tocara. Y entonces me tocó de veras. Primero se inclinó sobre mí y, por un segundo, parecía tener tres ojos. Luego posó los labios sobre los míos y los dejó allí un instante. Como un director de orquesta ordenando a los músicos que se tomen un descanso, una *fermata* tan dilatada en el tiempo que el público acaba marchándose. Varias personas me han dicho a lo largo de la vida que tengo la costumbre de dejar vasos y otros objetos al borde mismo de las mesas. «Una de las humildes caras con las que se presenta la pulsión de muerte», me dijo alguien en cierta ocasión. Luego otra sombra se proyectó en la pared, y noté el tacto de una tercera y familiar mano. Algo me buscó a tientas como quien busca un anillo que ha caído por el desagüe. Algo me empujó. Algo me besó. Algo me abrazó. Algo me abandonó. Y me sentí de veras como si me hubiese convertido en ese vaso al borde de una superficie. Que al menor movimiento podría acabar en el suelo. Uno a uno, todos nos dejamos caer... en el silencio.

Mucho más tarde, ella apagó una vela soplándola y dijo buenas noches, como una madre, o quizá como una hija a una madre. No lograba decidirme. El té sigue estando bueno frío, dijo él en la oscuridad. Una mano, la suya, me pasó un mechón de pelo por detrás de la oreja y luego se marchó. Y yo pensé en esa frase de «Amor», el cuento de Lispector: «Antes de acostarse, como quien apaga una vela, sopló la pequeña llama del día». ¿Cómo será dejar que un día arda para siempre? Puede que en eso consista perder la memoria, en dejar que un día arda hasta la mecha y luego salte del vaso y queme todas las cosas que lo rodean, dejando de ser una pequeña llama para convertirse en un fuego que se extiende y engulle los objetos de nuestro pasado, presente y futuro.

A la mañana siguiente, volví a la gran concha marina y pensé: Soy un caracol de mar. Eso es lo único que pensé. Me sacaron varios viales de sangre que dejaron alineados sobre el alféizar y el sol los atravesó y una enfermera hizo una broma sobre Jesucristo y la Sagrada Comunión que no acabé de entender.

Al día siguiente por la noche volví a Nueva York.

IV

Cuando entré en el apartamento, pensé que quizá me encontraría a mí misma allí esperándome. Pero la casa estaba desierta y tal como la había dejado, y de mí solo había una. En cierta ocasión leí que un cuerpo se define por duración, que un cuerpo en el presente es inseparable de su estado previo, al que se halla conectado por una duración continua..., y así sucesivamente..., y así sucesivamente... Me sentía en el presente como si conviviera en todo momento con un cuerpo que había habitado con anterioridad. Tal vez por eso esperaba encontrarme a mí misma en el apartamento al volver de California esa noche.

Más tarde, en la cama, no podía conciliar el sueño por culpa del jet lag. Mi madre, que también estaba desvelada, me envió un mensaje con un enlace: «¿Estás en casa? Visible solo durante una semana... Un cometa. Busca un lugar oscuro».

La noche siguiente, sin nada que hacer, cogí el tren hasta la costa y me apeé en la parada Beach 67. Nunca había ido a la playa en invierno. Estábamos en febrero y el sol se ponía a las cinco y veinte de la tarde. Pasaban unos minutos de las diez de la noche. Había cogido un tren semidirecto, pero se detuvo en todas las estaciones. La noche era transparente, negra, inmóvil, como si no tuviera solución de continuidad, y el mar se veía llanísimo, como si acabaran de plancharlo. En el vestíbulo del tren, una mujerona pertrechada con una linterna frontal vendía mangos y botellines de agua que llevaba en una carretilla metálica roja. Vino hacia mí, pero enseguida se disculpó, primero en español y luego en inglés: no era quien ella creía. De hecho, me había confundido con su hija. ¡Llega tarde!, protestó, y se echó a reír, abochornada. Son cosas que pasan, repuse, refiriéndome tanto a la tardanza de su hija como a su confusión. Aunque no me lo había preguntado, le dije que había ido hasta allí huyendo de las luces de la ciudad, para poder ver el cometa. ¿El cometa? No conocía esa palabra en inglés. Pedí a mi móvil que la tradujera. *Cometa*, dije en español. *¡Agujero brillante!*, replicó ella. *¡Cometa!* Nunca había visto un cometa, pero tampoco los había buscado. Y añadió: *Mi padre trabajaba en una fábrica de piezas para telescopios.* Yo no entendí ni una palabra y le pedí que lo escribiera en mi móvil. En lo que ese minuto moribundo tardó en extinguirse, me cegó con el agujero brillante que lucía en medio de la frente.

Me encaminé a la playa, donde el mar había desaparecido, como si alguien hubiese corrido una pesada cortina a lo largo de la orilla. De punta a punta. Tendí la vista hacia el este, hacia las torres de los socorristas, alumbradas por los halos de las farolas que jalonaban el paseo marítimo. Esas torres de vigilancia —como pensamientos inacabados y recurrentes— punteaban la distancia con pequeñas desviaciones blancas.

Como buena urbanita, rara vez alzo la vista al cielo. Solo lo hago cuando me dicen que lo haga. Esa noche, en la playa de Rockaway, mientras esperaba sentada en la arena, pensé: ¿Es así como se anuncian los cometas, como un prolongado silencio en el cielo? ¿Una estrella blanca recién pintada que alguien emborrona sobre un fondo negro? ¿Un error, como la pintura que se toca antes de que se haya secado? Yo también soy impaciente, pensé... Recordé a Woolf cavilando sobre el cielo en *Estar enfermo*: «No se debe dejar que este cine gigantesco esté en sesión perpetua con la sala vacía». Esta noche, yo soy la sala, pensé. Vi el cometa: una linterna a la que se le agotan las pilas. Dios rebuscando en el sótano.

Más tarde, ya en casa, vi en las noticias un reportaje sobre cometas en el que hablaban del astrónomo Johannes Kepler, el mismo cuyo nombre, registrado como una anomalía, había interrumpido el monótono soniquete de The Buzzer.

El copresentador del reportaje explicó que Kepler había leído sobre el sueño de un gran general que, una noche sin luna, en un lugar elevado, oye un sonido muy fuerte y sumamente hermoso. En el sueño, una voz le dice que ese sonido lo producen los planetas, separados entre sí por espacios vacíos al desplazarse: «La Luna emite el sonido más sutil, en tanto que el cielo emite el más fuerte, etcétera. La Tierra, a su vez, se halla atrapada en el centro del universo...». Más tarde, Kepler convirtió ese sueño en realidad traduciendo las distintas velocidades de los planetas a tonos musicales, de tal manera que la canción de cada planeta era producto de la forma, longitud y velocidad cambiantes de su respectiva órbita. Así compuso una melodía que siempre estaba mutando de forma imperceptible, una gran ecuación. Pero él nunca llegó a oír esa música. El copresentador dijo que se trataba de una canción polifónica y continua que se percibía no con el oído, sino con el intelecto.

Pensé en *Roland Barthes por Roland Barthes*, cuando el propio Barthes afirma: «Je vois le langage» y considera que el hecho de ver el lenguaje es una enfermedad que equipara con el sueño de ese general: «A la escena primitiva, en la que escucho sin ver, sucede una escena perversa en la que imagino ver lo que escucho». Intento imaginar que veo lo que no escucho, aunque soy incapaz de imaginar nada en absoluto.

En el reportaje de la tele, la atención se desviaba hacia la madre de Kepler, Katharina, que fue acusada de brujería (descubrí que comparto fecha de nacimiento con su única hija, Margaretha). Fueron muchos los dedos que la señalaron. Katharina pasó un tiempo encadenada a una picota en las afueras de la ciudad, pero se libró de la pena de muerte y recuperó la libertad porque para entonces su hijo era un famoso astrónomo y un hombre ciego, admirado y compadecido a partes iguales. Hay una estatua levantada en honor a Katharina en su población natal, que linda con la Selva Negra y que también es conocida por el *kirschwasser* –un licor transparente que se elabora mediante la doble destilación de las cerezas ácidas silvestres– y por el reloj de cuco.

Más adelante, en el reportaje, reprodujeron una entrevista de archivo de los años setenta con un geólogo y un pianista de jazz. Trescientos cincuenta y cuatro años después de que Kepler compusiera la pieza musical, el geólogo y el pianista se pusieron en contacto con una científica de la compañía Bell Labs para interpretarla de forma audible. Esa científica estaba aprendiendo a programar los mastodónticos ordenadores de la época y había sintetizado la música de las esferas mediante los cálculos, notaciones y teorías de Kepler. «Ahí fuera hay un gran ritmo cósmico», dijo el pianista de jazz, que recomendaba sujetar los altavoces cerca del esternón para notar mejor su vibración. Durante las siguientes tres horas, escuché la canción de los planetas, interrumpida cada hora por mensajes patrocinados de empresas y organizaciones. Y, mientras la escuchaba, perdí la noción de mi propia máquina. Ya no podía distinguir si era Plutón el que cantaba, Marte el que lloraba, Saturno el que tarareaba o mi propio fusible quemado.

Sostuve la radio contra el esternón mientras la melodía seguía reproduciéndose, a sabiendas de que había un sonido en esa suite que solo yo podía transcribir, antes de ponerme con la pila de platos sucios que llevaba cuatro días evitando. Mientras escuchaba, confirmé para mis adentros que había encontrado un pozo de emociones cuya existencia ignoraba hasta entonces, como quien descubre agua en medio del desierto

–siendo la depresión su misma fuente–, un manantial inagotable, vigorizante, insondable. Un soniquete soniqueteando.

Saqué a la perrita negra. Volví a hacer pescado blanco para comer –esta vez con salvia, limón y tomillo– y, mientras veía el aceite calentándose en la sartén, no lograba decidir si me parecía más a un ciego que mira al cielo o a una mujer enfadada encadenada a una picota. Al otro lado de la ventana –miré hacia arriba sin que me lo dijeran–, las estrellas eran pequeños silencios o bien metralla de las aureolas angelicales.

Esa noche, en la cama, oí un murmullo constante, como un pequeño salto de agua. No era Miss Mar Báltico, sino mi propia ducha, que había dejado corriendo sin querer, pero no la oí hasta que apoyé la cabeza contra la pared que separaba el dormitorio del baño. En medio de una oscuridad total, me levanté a cerrar el grifo como si fuera ciega. ¿Cuál de los dos males preferiría? Pensé en mi cuerpo tendido en la cama, sin hacer nada durante las siguientes siete horas. Seguía llevando la cuenta.

Esa noche, el cineasta me escribió para decirme que había pensado en mí. Me escribió un email con un «pensé en ti» seguido de un enlace en letras azules. El enlace llevaba a una escena de *El eclipse*, de Antonioni, una película que aún no he visto. En esa escena, unos hombres trajeados gesticulan en el parqué de la bolsa de Milán, una arena en la que gritan haciendo aspavientos mientras compran y venden sin cesar, algo de lo que apenas sé nada. La algarabía que acompaña su avidez resuena en la *Borsa* milanesa. ¡Qué derroche de mármol! Me pregunté qué había llevado al cineasta a pensar en mí. De pronto, se oye un timbre. El parqué enmudece. La muerte de un colega se anuncia por megafonía. Un minuto de *silenzio* por el difunto. Los teléfonos resuenan sin que nadie conteste. El silencio sale caro. Ni siquiera el hombre más rico de la sala puede permitírselo. El timbre vuelve a sonar transcurrido el minuto, la histeria colectiva estalla de nuevo y hay un cambio de escena. Más tarde leo la transcripción de una conversación entre Antonioni, que se define como un pintor aficionado, y Mark Rothko, en la que Antonioni le dice a este último: «Tus cuadros son como mis películas. No hablan de nada, pero lo hacen de un modo preciso».

Todavía sin poder pegar ojo, en la cama con el ordenador, me paseé ratón en mano por Eltingen, la población natal de Katharina Kepler. Buscaba la estatua erigida en su honor. Enfilé Carl-Schmincke-Straße. Sobre el mapa, presioné la flecha hacia delante y me llevó sin comerlo ni beberlo por una calle secundaria. Me perdí al instante.

Los edificios de Eltingen lucen en su mayoría el típico entramado de madera, y me recordaron las fotos de Bernd y Hilla Becher. Al parecer, esa zona queda un poco al norte de la que documentó exhaustivamente la pareja de artistas en los años setenta. Los Becher llamaron a los sujetos de sus fotos «esculturas anónimas», composiciones en las que la figura humana brilla por su ausencia: torres de agua, depósitos de gas, casas de entramado de madera, hornos industriales, fábricas, carboneras. En esas fotos ya no se presentaban como elementos funcionales. Bernd dijo en cierta ocasión que pretendían captar las estructuras tal como August Sander captaba a los seres humanos. Hilla dijo en cierta ocasión que su meta, desde que era una aprendiz de fotógrafa, había sido retratar «objetos silenciosos». Dijo que fotografiaban esas cosas –las torres de agua, los hornos industriales– porque eran sinceras y reflejaban lo que hacían, mientras que «una persona es siempre quien quiere ser y no quien es». Y yo pensé: Solo porque algo sea silencioso, ¿significa que es sincero?

Contesté a mi propia pregunta cuando llevaba recorrido un buen tramo de Carl-Schmincke-Straße, tras dejar atrás una antigua iglesia donde hoy es posible obtener una licencia de buceo. No había gente a la vista, solo esculturas anónimas. Las calles, los edificios, los coches aparcados, los letreros: esculturas anónimas. No había movimiento alguno, salvo el mío siguiendo la flecha –clic, clic, clic–, que de pronto aceleraba sin ton ni son. Adelanté a un Peugeot rojo detenido en un semáforo en rojo y pensé: ¡Va a quedarse ahí parado para siempre! Con otro clic, me metí dentro de un concesionario de coches, Autohaus Weember, donde un hombre sin rostro que lucía corbata roja vino hacia mí con formularios en blanco para un nuevo vehículo. No, no, no había ido hasta allí para comprar un vehículo. No podía hablar y él no podía oírme. Me di la vuelta, cliqué en la flecha y la habitación giró sobre sí misma. Caí en la cuenta de que había dejado la puerta abierta de par en par.

De haber hecho viento, habría soplado en ese instante. Un destemplado viento alemán. Pensé: Conque esto es lo que se siente cuando no alcanzas a oír ni siquiera el sonido de tus propios pasos. Una película muda con una banda sonora hecha tan solo del repiqueteo metálico de mis pensamientos según despegaban y aterrizaban. Salí del concesionario y volví a la calle. Para entonces había recorrido Carl-Schmincke-Straße arriba y abajo dos veces, así que decidí doblar la siguiente esquina. Entre una tienda de cortinas y un centro de bronceado, encontré a Katharina Kepler, tallada en una piedra del color de la piedra desgastada. Era la única figura humana a la vista.

A sus pies había una pequeña fuente de la que manaba agua de un azul resplandeciente. Un azul vacacional. Ese azul no reflejaba el cielo. El cielo de Eltingen se parece a una hoja de papel en blanco. De pronto, me sentí como si hubiese llegado a algún lugar con las manos vacías. Imaginaba un ritual por el que jóvenes jugadores de fútbol rubios se alineaban frente a la estatua y vaciaban el contenido de sus bebidas energéticas azules en la fuente. No hay nada más solitario que un monumento, decidí mientras la contemplaba. Me acerqué tanto a la estatua que dejé de verla. Se había convertido en un desierto: abstracta, beige, una superficie granulosa que ocupaba toda la pantalla y desbordaba sus límites. Me desplacé arriba y abajo, arriba y abajo por todo su cuerpo. Su rostro: surcos arenosos allí donde un proverbial viento se había recreado más de la cuenta. Me desplacé hacia arriba, hasta el punto en el que su cabeza se encontraba con el cielo, que parecía la costa en un día de niebla.

Había un letrerito junto a la base de la fuente: WERFEN SIE KEINE MÜNZEN, «No echar monedas». Y otro letrero debajo de este, con la palabra WÜNSCHEND tachada con una equis roja. Dudé que Katharina quisiera estar allí, y estaba segura de que se pasó la vida pidiendo deseos.

Fuera empezó a llover. Recordé el sonido de la lluvia repiqueteando en el aire acondicionado mientras veía llover sobre el aire acondicionado. Enfilé una estrecha *straße* que me llevó a una parte más residencial del barrio. Con un clic, la calle se me presentó empolvada de nieve (así iba aquello: con cada clic podían cambiar la estación del año, las condiciones meteorológicas y la hora del día). La hierba, el asfalto y los techos alquitranados seguían mostrando a duras penas su negra existencia, y de pronto me descubrí en un *cul de sac* circular, rodeada de las casas de piedra típicas de las familias de clase media-alta. Ya no eran construcciones con el tradicional entramado de madera, sino estructuras sinuosas hechas de hormigón, ¿o sería estuco? Había luces encendidas en esas casas y no resultaba difícil imaginar lo que estaría pasando de puertas adentro: un agente de seguros come *Grützwurst* al volver del trabajo mientras su hija preadolescente le enseña una rutina de baile recién aprendida y el hombre repara por primera vez en sus incipientes senos. El fatigado director financiero de una gran empresa conocida por fabricar envoltorios de chocolate de gran calidad le dice a su esposa que se ha declarado en quiebra, pero que dentro de una semana se irán de vacaciones a Busch Gardens, en Tampa Bay, con todos los gastos pagados.

Con otro clic me metí en el caminillo de entrada de una casa en el otro extremo del *cul de sac* y fui a empotrarme contra un Smart plateado con una pegatina de la red de gasolineras Tankpool24. Con el siguiente clic volví al punto en el que nacía el caminillo de entrada, junto a una pequeña colonia de cubos de basura y reciclaje que esperaban a que los llenaran o vaciaran. En un hueco entre los cubos asomaban un par de botas negras y, sobre la ligera capa de nieve que cubría el suelo, vi huellas de pies que se alejaban de las botas hasta salir de cuadro. Con el siguiente clic me planté junto al cuerpo de un hombre tendido de espaldas sobre la nieve, despatarrado y descalzo.

Uno de los peligros de pasear es acabar convertido en testigo de algo. Y me pregunté: ¿Qué es el acto de atestiguar sino una afirmación del silencio? Allí mismo, delante de mí, había un cuerpo nuevo que resolver, y tuve la sensación de que era mi cuerpo, y de que el desgarro que había en mi interior se había vuelto perceptible.

Ese hombre era un hombre y no una mujer, y además tirando a mayor. Y me fascinó su postura de muerte, que era una irónica y perfecta réplica de la postura de Robert Walser, que también había muerto en la nieve, pero doscientos cuarenta y cuatro kilómetros más al norte, en Herisau. Él también estaba tendido de espaldas y despatarrado, y había huellas de pies que abandonaban el cuadro a grandes zancadas. ¿La muerte performada?, me pregunté. Me acerqué a la nieve adherida a las plantas de sus pies pixelados. ¿Un cadáver frío o reciente?, me pregunté. A la derecha de su cabeza había una botella dorada de té helado al limón de la marca San Benedetto.

Bajo el redundante cielo alemán —una letanía blanca, una nota sostenida— me vinieron a la mente unos versos de «Aureola de cenizas», de Celan —«Nadie / testimonia por el / testigo»— y también su expresión «Mundvoll Schweigen», «bocanadas de silencio», lo que me llevó a pensar en comer nieve, algo que no había hecho en mucho tiempo. Luego, como una obediente y disciplinada testigo, seguí adelante.

Me aparté del cuerpo tendido a golpe de clic y, mientras deshacía el camino calle abajo, se me ocurrió que podría llamar a las puertas de los vecinos. ¿Conoce usted a este hombre?, preguntaría, enseñando la foto que había tomado. Imaginé al conserje de mi edificio, un hombre perpetuamente cansado, saludándome al otro lado de cada puerta: ¿Puede esperar a mañana? Seguí clicando y avanzando; empezaba a cansarme. Abandoné el barrio residencial y me planté en la linde de la Selva Negra, donde había una densa niebla. Decidí dar media vuelta porque no había nada que ver. Celan, de nuevo, «En la nada: ¿quién se tiene allí?». Era yo: buscando, de veras, el centro de la niebla.

La gotera volvía a perder agua, esta vez con renovado ímpetu. De nuevo me puse en contacto con el conserje, que lo sentía, pero estaba en Staten Island.

La noche siguiente salí otra vez de paseo, partiendo de las coordenadas en las que me había quedado la víspera, como si fuera un libro que hubiese dejado a medias. El cuerpo tendido en la nieve estaba ahora treinta y pico kilómetros más al sur. Me desplacé por la periferia del bosque hasta que por fin encontré una flecha sobre la que podía cambiar de dirección. Veía casas del tamaño de diminutas pastillas para la tos y colinas bajas y ondulantes, pero nada de nieve. Al principio, en el bosque, solo alcanzaba a ver tramos de verde.

Me desplazaba por el aire, a ras de las copas de los árboles, cuando pensé en algo que había escuchado en un documental televisivo de Herzog sobre una mujer llamada Juliane, la única superviviente del vuelo 508 de la compañía peruana LANSA, que fue alcanzado por un rayo la víspera del día de Navidad de 1971: «Aún veo la selva debajo de mí, de un verde oscuro, como el brócoli...». Dijo que eso fue lo que pensó mientras se precipitaba al vacío. Juliane aterrizó en la selva todavía sentada en su asiento, que era el de la ventanilla, y con el cinturón abrochado. Su fila de asientos había caído en bloque. ¿Cómo es posible que sobreviviera? Dijo que las corrientes de aire ascendente que se formaron en el seno de la tormenta habían ralentizado su caída. Mientras se precipitaba, tuvo la sensación de hacerlo en barrena, describiendo una gran espiral. Como una semilla de arce que cae del árbol (se vio a sí misma como la semilla, y al resto de la fila de asientos como la pequeña vaina en forma de ala que la rodea). El aire se agitaba en torno a su cuerpo. La caída fue ruidosa, hasta que de pronto cesó. El silencio es lo que acompaña la caída hasta el estado de haber caído. ¿El tiempo gramatical del silencio? Un presente que se renueva sin cesar.

En una entrevista con el funcionario que lideró la búsqueda del avión siniestrado, este dijo que, cuando el equipo de rescate llegó al lugar donde se había producido el impacto, descubrió que «las pertenencias de los viajeros colgaban de los árboles. Las maletas se habían abierto en plena caída y los regalos pendían de las ramas como si las hubiesen decorado con los objetos caídos. Los árboles se alzaban como un rito funerario».

Seguí sobrevolando los tramos de verde. Mientras me desplazaba sobre lo que aún reconocía como árboles alemanes, la corriente que entraba por la ventana me acarició la nuca como una mano familiar y destemplada. Durante once días, Juliane deambuló sola por la selva amazónica en busca de otro ser humano. Llegó a la orilla de un río, lo remontó siguiendo su cauce. Herzog –que, de no haber sido por un imprevisto, habría viajado en el mismo avión– estaba rodando su película sobre un conquistador español rubio con grandes labios rosados (Klaus Kinski) a escasos kilómetros de allí.

En el documental, rodado en formato televisivo, Juliane y su marido –ahora una especialista en murciélagos y un estudioso de las avispas, respectivamente– vuelven con Herzog al lugar del accidente veinte años después para revisar los restos del avión siniestrado: el armazón metálico de una maleta (con los cierres todavía echados), el tacón de un zapato de mujer, un rulo para el pelo, una bandeja de plástico (Juliane recuerda que le sirvieron un sándwich poco antes de que el avión se despeñara). Viajaba con su madre, a la que nunca hallaron. El día del accidente, lo único que encontró fue un pastel de Navidad, una bolsa de caramelos y tres pares de piernas que sobresalían de la tierra, rematadas por sendos pares de pies, ninguno de los cuales –comprobó– pertenecía a su madre. Once días después, al borde de la muerte, se topó con un pequeño bote varado en la orilla. Se echó gasolina del depósito de combustible en las heridas y perdió el conocimiento. Unos pescadores locales la encontraron inconsciente, pero viva. Sonrío al recordar cómo pronuncia Herzog la palabra «tucán».

Juliane comenta que, mientras la trasladaban en avión al hospital más cercano, recordó haberse visto allá abajo. Recordó la sensación de verse a sí misma desde arriba, remontando el cauce del río rodeada de una interminable extensión de verde, la sensación de dejarse atrás a sí misma.

Al final del documental, Herzog revela que él había inventado todos los sueños de Juliane que se relatan ante la cámara y vi confirmadas todas mis convicciones sobre los sueños. Me levanté para ir a coger un vaso de agua y volví a la cama. Escudriñé la espesura buscando no los restos del avión, ni árboles engalanados con objetos personales caídos, sino un claro entre la maleza, un lugar en el que hacer un alto y dormir.

En marzo, mi oído izquierdo estaba peor que el derecho. Había empezado a comer cada noche un puñadito de bombones Sno-Caps que guardaba en la nevera. Nada de lo que hacía parecía cambiar nada. También empecé a comer carne otra vez, filetes de ternera. Y cafeína. Y ginebra cuando me apetecía, cosa que rara vez pasaba. Nada parecía cambiar nada. Las pruebas de audición semanales se convirtieron en mensuales. Los miligramos subían. Los decibelios, el dinero y los días menguaban. Iba al cine a ver películas extranjeras por los subtítulos y me ponía los protectores auditivos que había comprado en la ferretería. Seguía llevando la cuenta. Tomando nota de todo. Mi amiga de Tesalónica no me llamaba desde hacía más de un mes; estaba enamorada hasta las trancas del anarquista. Los del ensayo clínico me recomendaron una escuela de lengua de signos que tenía su sede en un edificio ligado a una iglesia local, el mismo donde algunos conocidos míos iban a reuniones de Al-Anon para alcohólicos en rehabilitación. Hice caso omiso del consejo.

En los idus de marzo escribí a la novia para recomendarle una obra de teatro que creía que le gustaría. Me sentía mal porque en su día no le había dado las gracias por haberme acogido en su casa, pero ahora había pasado demasiado tiempo, casi siete semanas. Ella había empezado a frecuentar un sueño mío que se había vuelto recurrente, algo raro en mí porque apenas recuerdo lo soñado. En ese nuevo sueño, la novia aparecía caminando por una carretera a lo largo de la costa después de que yo me precipitara por el borde de esa misma carretera en un coche de alquiler, cayera a aguas poco profundas y saliera completamente ilesa. Huelga decir que no pensaba contárselo.

Le dije que la obra iba sobre la hija de una pareja de dioses que bajaba a la Tierra para ser testigo de los problemas que aquejaban al común de los mortales. La hija de los dioses vivía la ruina de su matrimonio, que se desintegraba como una pastilla en un vaso de agua. Experimentaba cosas terribles –pobreza, crueldad y la rutina de la vida familiar– y comprendía que los humanos eran dignos de compasión. Luego regresaba al cielo: «Puede pasar cualquier cosa; todo es posible y probable...». Añadí que la obra se menciona en una película que transcurre en un teatro vacío. En la película, tras un ensayo, el director de la obra coquetea distendidamente y sin disimulo con su estrella emergente, lo que lo lleva a recordar el idilio que mantuvo con la difunta madre de la joven, otra actriz con tendencias autodestructivas. La novia contestó a mi mensaje al día siguiente. Me preguntó cómo estaba, decía que llevaba unos días pensando en mí. Le comenté que me había acostumbrado a quemar incienso de sándalo, clavo de olor y canela que compraba en la calle 14. Ella dijo que eso le daría dolor de cabeza, pero que leería la obra, y estuvo de acuerdo en que puede pasar cualquier cosa y que todo es posible y probable. Me preguntó si estaba bien.

Seguía entrando como quien no quiere la cosa en el foro de internet, ahora casi a diario.

El 26 de marzo a las 16:55 horas, Calgary1 compartió el enlace de un artículo sobre Alan Shepard, el primer astronauta estadounidense que salió al espacio. En 1964 le diagnosticaron una afección del oído interno que lo obligó a quedarse en tierra después de haber hecho un solo vuelo espacial. Años después, medio sordo, Shepard viajó hasta la Luna en el *Apolo 14*. Por la misma época, el astronauta John Glenn resbaló en el cuarto de baño, se hizo daño en el oído interno y quedó postrado en la cama. El vértigo de Glenn y Shepard sembró durante algún tiempo ideas erróneas sobre los peligros de los viajes espaciales.

Miss Mar Báltico estaba reformando el piso. La había visto en la lavandería del edificio con un hombre mayor de mirada amable. Me alegré por ella. Seguí preparando un té que no me bebería. Seguí llevando la cuenta. Anoté mi día número 214 en miligramos. Hanne Darboven dijo que su obra hacía uso de sumas y verificaciones, pero nadie le preguntaba qué significaban por temor a la respuesta, y luego se murió. Podría haberse dedicado a la música y no al arte conceptual, pero decía que la música solo podía interpretarse y que ella quería crear algo por sí misma...

Luego llegó el Día de los Inocentes y constaté que me acercaba al endeudamiento al mismo ritmo constante con que me acercaba al silencio. Lo atisbaba como una isla frente a la costa en un día perfectamente despejado: resplandeciente, una silueta, algo tangible. Lo veía en la libretita de las tapas negras, en la partitura que era también un mapa. Habían pasado siete meses y a veces me despertaba y no recordaba mi propia excusa. Cada día era una excusa: la enfermedad es ocio. Sabía que algo acabaría cambiando tarde o temprano, aparte de los miligramos y el sol. A mediados de ese mes, la novia me escribía casi a diario porque tenía muchas preguntas que hacerme. ¿Te sientes sola?

Le dije que seguía hablando mucho por teléfono

para sortear la soledad. Que, de todos modos, salir a la calle se había vuelto demasiado ruidoso y abrumador para mí. Que hallarme en presencia de las cosas me hacía más consciente de cómo experimentaba su ausencia: todo existía en forma de silueta. Que estar en un restaurante me hacía ser más consciente de lo que me estaba perdiendo. Que solo podía gestionar una voz a la vez, pero que ahora se me daba bien leer los labios. Que siempre había sido una persona alegre, pero me resistía a los cambios. Que era la clase de persona a la que le gustaban las cosas tal como eran y me llevaba un disgusto cuando cambiaban incluso las cosas que no me gustaban. Que la última noche de una función escolar me sentía inconsolable porque sabía que no volveríamos a encarnar esos personajes, de ese modo, en ese teatro, con esos sombreros, con ese público, a esa hora, nunca más. Si algo bueno tenía el silencio era que, cuando me instalara en él, por fin tendría una constante, algo que no se desvanecería. Ahora lo veía como una meta, le dije a la novia, algo que alcanzar, un lugar al que llegar, como la cima de una montaña o el centro de un laberinto. No obstante, le dije que también seguía aferrándome a la esperanza de una recuperación, porque mi presente estaba marcado por una imposibilidad que me negaba a aceptar, de modo que seguía esperando. Flotando a la deriva, dijo ella. No, flotando a la deriva no, repliqué, porque no había ninguna corriente. De acuerdo, dijo ella, entonces no estaba esperando, sino manteniéndome a flote, porque era evidente que mis pies no tocaban fondo y tampoco vadeaban una masa de agua... Dijo que mantenerse a flote también es una elección, a diferencia de hundirse. Lo ves, dijo, aún puedes tomar decisiones.

En mayo tomé la decisión de apuntarme a un curso de lengua de signos. En la primera clase entablé conversación con un hombre delgado mientras esperábamos al profesor. Era un curso para alumnos sin sordera. Dijo que daba gracias a Dios de que las clases estuvieran cubiertas por el seguro médico del trabajo de su mujer.
Dijo que esta había trabajado con éxito en el mundo de la publicidad durante muchos años. Que estaba deprimida. Sufría lo que se conoce como depresión funcional. Él era fotógrafo, pero llevaba quince años sin recibir ningún encargo. Era ella quien traía el dinero a casa, dijo. Él estaba trabajando en un proyecto de siete años que consistía en documentar el jardín de un artista. El momento de tener hijos había llegado y pasado. Siguiendo el consejo de un terapeuta, su mujer había vuelto a las aulas en plena madurez para perseguir sus sueños. ¡Su marido (es decir, él) no era consciente de que ella tuviera sueños! Su mujer se apuntó a un curso de conservación museística en el que destacó como una de las mejores alumnas. Hizo prácticas en un gran museo, en el departamento audiovisual. La otra becaria era de la edad que tendría su hija, de haberla tenido. Su difunta madre le había dicho que el don de la oportunidad lo era todo en esta vida. Ahora entendía sus palabras, y no solo en abstracto: la que fue su supervisora durante el periodo de prácticas murió al

cabo de seis meses a causa de un cáncer de ovario, y a ella la ascendieron a conservadora adjunta de videoarte. Estaba cada vez más satisfecha con su día a día. Pero entonces, por algún motivo, fue él quien cayó en una depresión. Lo que se conoce como una depresión clínica. El jardín que había documentado cada día a lo largo de siete años ya no lo motivaba en absoluto. Había comprendido que era tan solo un jardín. Así las cosas, habían decidido dedicar los fines de semana a hacer por lo menos una actividad en pareja planeada de antemano. En una de esas ocasiones asistieron a una recreación de la guerra de Secesión en el cementerio de Green-Wood y su mujer se quedó sorda por el estruendo de un falso cañón disparado por un actor. Volvió a caer en la depresión. ¿Y el marido? Él dijo que, a decir verdad, estaba mejor que nunca.

Ese día, en clase, aprendimos a nombrar en lengua de signos los utensilios de la cocina: tostadora, armario, microondas, paño, frutero, reloj, cajón de los cachivaches. Una joven francesa que lucía una camiseta rosa con la frase ME LO DEBES estampada en la pechera se quejó de que se le ocurrían cosas más importantes que aprender a decir «cajón de los cachivaches».

Supe que la primavera se había afianzado el día que volví a oír al corredor de bolsa chillando sobre el ascenso y caída de las acciones. Su hija ya era lo bastante mayor para gritar a la madre. Yo volví a dejar la ventana abierta todo el día. Hacia finales de mayo talaron el árbol de cuatro plantas que se alzaba delante de mi ventana justo cuando la vida empezaba a resucitar en sus ramas. Una mañana apareció encaramado al tronco un hombre bajo y fornido, con un transistor y unas botas con crampones que lo sujetaban al árbol mientras lo mataba de un modo muy sistemático. La radio emitía reguetón y luego la previsión meteorológica en español. Asomada a la ventana, le pregunté si el árbol estaba enfermo. El hombre me dijo que estaba sano. ¡Demasiado sano! Resulta que constreñía los cimientos del edificio. Se señaló a sí mismo y dijo: *La parca*. En las noticias reaparecieron los ataques sónicos. Un par de científicos había determinado que la grabación que uno de los diplomáticos hizo del sonido coincidía perfectamente con el canto de apareamiento del grillo de cola corta de las Indias. Uno de los expertos señaló que el canto de ese insecto puede ser tan estridente como para oírse desde el interior de un camión diésel circulando por la autopista a sesenta kilómetros por hora... Añadí los grillos a la lista de cosas que me daban miedo.

Era viernes por la noche cuando mi madre volvió a llamarme a cuenta de su amiga moribunda. Ha llegado el momento, dijo, de nuevo como una profetisa. Al día siguiente, cuando me presenté en casa de la amiga moribunda, la enfermera de cuidados paliativos me ofreció un refresco. Aún no se había puesto el sol. Llegué en mal momento: tres examantes de la amiga moribunda, todos ellos con el pelo ceniciento, acababan de presentarse allí a la vez y sin anunciarse, como si los hubiese enviado Dios. ¿Cuál de los tres ganaría su mano exangüe? Uno de los hombres le preguntó si podía robarle un minuto de su tiempo. Vaya una cosa de decirle a alguien que se está muriendo... Posó una mano sobre la de ella, que la ahuyentó de un manotazo como si fuera una avispa, con indignación y también lo que parecía un atisbo de miedo. Me marché. Murió esa misma noche. A lo largo de la semana siguiente perdí por completo las voces masculinas.

En la clase de lengua de signos aprendimos términos acordes con la estación del año, relacionados con la playa y el camping: tienda de campaña, repelente de insectos, sombrilla, marea baja. La francesa lucía otra camiseta con mensaje, que esta vez se limitaba a la palabra FRAGILE estampada en letras negras. Preguntó cómo se decía «decepcionada» en lengua de signos. La punta del dedo índice de la mano dominante da golpecitos en la barbilla. El profesor dijo que ese signo también servía para decir «desanimada».

De pronto estábamos en junio y el verano había llegado de golpe. Era esa época del año en la que se respira un ambiente de provincias en la ciudad. Esperé al cineasta. Había sugerido que nos viéramos en el Village, cerca de nuestro antiguo piso, en una de las mesas con bancos instaladas por el ayuntamiento que tienen tableros de ajedrez engastados en el sobre de hormigón, es decir, un no-lugar. Al otro lado de la valla plateada, la piscina pública estaba muy concurrida. Tres hombres lanzaban una pelota roja contra un muro blanco. La escena era de lo más cotidiana y redentora. El cloro perfumaba el aire, junto con el sutil aroma a caramelo de la pastelería de enfrente. Todos nos estábamos cociendo vivos. Un grupo de chicas jugaba a Marco Polo. De pequeña, yo siempre había querido ir a esa piscina, pero mi madre me había asustado con la conjuntivitis y la legionela.

    El cineasta llegó con un largo bocadillo envuelto en papel encerado. Estaba moreno. Me recordó un poco a una cuerda flácida, dispuesta a ser estirada en cualquier dirección. Si volviera a nacer..., empezó a decir. Yo le pregunté si podía quedarme callada y dejarlo hablar todo el rato, aunque hasta entonces no había dicho ni mu. Él me preguntó si lo estaba escuchando. Lo estaba escuchando y así se lo dije, pero cuando me senté frente a él no pude evitar pensar solo en mí misma.

    Al verlo, eché de menos a la persona que fui. Como si yo misma fuese un lugar físico al que pudiese volver. Creía que me había costado tanto liberarme de él porque me conocía como nadie y, por tanto, estaba convencida de que nadie podría conocerme mejor. Temía que, si nadie podía conocerme mejor, nadie podría quererme mejor. En el pasado me había visto a mí misma y a los demás como constantes en un paisaje cambiante, pero ahora lo único que veía eran las incoherencias. Soy hija única, pero cuando salíamos juntos nos preguntaban a menudo si éramos hermanos, aunque no nos pareciéramos en absoluto. Puede que él reflejara una parte de mí. Tenía la sensación de que se había convertido en un disco duro externo en el que se había ido guardando por si acaso, en sucesivas entregas, una copia de seguridad de mi vida. Me acordé de lo que había dicho la casera sobre comprar a pares las cosas que te preocupa perder, como tu camisa preferida. Y entonces pensé que tal vez me preocupaba demasiado por mí misma.

Mientras él hablaba, me sentí súbitamente abrumada por lo que se me antojó el peligro de ver desaparecer el sistema externo que hasta entonces había custodiado instantes de otro modo irrecuperables. Tenía la sensación de que, durante mucho mucho tiempo, había esquivado el sentimiento de pérdida.

Él había dicho varias cosas, ristras de palabras que se me escaparon por completo, aunque no me atreví a pedirle que las repitiera. De pronto ya no hacía tanto calor en la calle. Él seguía hablando. Estaba muy serio. Había venido con una batería de preguntas. La partida de Marco Polo había llegado a su fin. De pronto, lo vi como una toalla empapada por un chaparrón veraniego.

Cuando por fin hizo una pausa, solo para recuperar el aliento, le dije lo que había evitado pronunciar en voz alta por puro temor a que la acción se revirtiera espontáneamente: acababa de experimentar una inesperada remisión.

Le dije que lo vivía como una moratoria. Que el propio silencio se había intercambiado como si fuese deuda, pues su valor había aumentado con el paso del tiempo. Él me dijo que dejara a un lado las analogías, pero también que una remisión es la cancelación de una deuda y que estaba claro que yo no entendía nada de ese tema. Me dijo que siempre se me había dado fatal manejar dinero y que ni loco tendría una cuenta a medias conmigo. Luego añadió que era broma. Yo le dije que aún podía quedarme sorda en cualquier momento, que la deuda podía volver. Como todo, repuso él. Es una noticia increíble, añadió.

Me comentó que la novia lo había dejado. Yo lo estaba escuchando. La novia le había dicho que la cronología era importante y que estaba claro que yo la había precedido y que siempre sería así. Me preguntó si creía que era cierto. Pensé en la novia y en lo guapa que estaba cuando fue a recogerme al aeropuerto, conduciendo mientras el viento soplaba a su alrededor. El cineasta dijo algo sobre dos estrellas que se hallaban a años luz una de otra, atrapadas en una danza macabra, una unión abocada a un choque del que tal vez naciera una supernova, por más que ninguna de las dos estrellas fuera consciente siquiera de que estaba «danzando». Dijo que, de todos modos, prefería ser un director de cine neoyorquino. Iba a instalarse de nuevo en la ciudad. Me preguntó qué iba a hacer por mi cumpleaños, que era la semana siguiente. Dijo que podía organizar algo con todos nuestros amigos. En ese instante, la conversación me pareció lo mismo que hacer *soaking*: una penetración sin placer, la expectativa frustrada de una gran liberación. Pero entonces él pegó su boca a la mía, con esos labios que eran un regalo divino y que tantas veces había usado para rescatar un instante de las garras del miedo y el tedio, la compasión y la inseguridad, la autoflagelación y el resentimiento, la impotencia y las confesiones (a una misma) de haber hecho daño. Apuramos el minuto. Hubo una liberación forzosa, como si un motor me propulsara en la dirección opuesta... Supe que no había ningún riesgo que calcular.

No tardaría en empezar a llover, pero yo ya había tomado la decisión de volver andando a casa, entre lágrimas.

Cuando llegué arriba, la llave se quedó atascada en la cerradura, como si hubiese intentado abrir la puerta con la que no tocaba, pero esa era la única llave que había tenido y al final logré abrirla forzando un poco la cerradura. Una vez dentro, caí en la cuenta de que no había probado bocado desde esa mañana y me sentí mareada a causa del calor. Se me ocurrió bajar al restaurante español de la esquina, el de las servilletas dobladas como pirámides, pero cuando me disponía a salir por la puerta descubrí que el pomo giraba en círculos sin accionar la cerradura. Envié un mensaje al conserje. Estaba en Staten Island. Dijo que los tornillos estaban desgastados. Me preguntó si tenía herramientas en casa.

Lo único que tenía era un martillo. Quería salir de esa situación por mis propios medios. Sopesé mis opciones: podía abrir la ventana, podía llamar por teléfono, podía hacer cualquier cosa, en realidad.

Y entonces me di cuenta de que la ventana ya estaba abierta de par en par.

En julio dejé de llevar la cuenta. No anoté nada.

En agosto, un año después de mi primer diagnóstico, viajé a Venecia. La compañía aérea cumplió su promesa y me restituyó el billete que había perdido. Mi madre, que rara vez se ausentaba del trabajo, decidió acompañarme. Un viaje de celebración. Ella solo había estado en Venecia una vez, de niña, con su madre y su hermana, justo después de que su padre muriese. Un viaje de consolación.

 Compartimos cama en un apartamento pequeño con olor a gasolina, que gestionaba el propietario de un hotel adyacente, situado en la parte residencial del barrio de Castello. La ventana de la habitación daba a una antigua base militar naval que albergaba una exposición paralela de la Bienal. Desde la ventana veíamos todo el tinglado: el artista que representaba a Lituania había convertido el pabellón en un improvisado anfiteatro y lo había llenado de arena de verdad. En el centro, varios actores interpretaban a unos veraneantes que pasaban el día en la playa, con sus toallas, sandías, aparatos de radio, revistas, perros, sombrillas. También había niños construyendo castillos y fosos.

 Cada dos horas, los actores interrumpían su actividad para representar una breve opereta sobre el turismo y el cambio climático. Los perros ladraban mientras la soprano entonaba su aria. Es como un *flash mob* canino, le dije a mi madre. Ella replicó que no sabía qué era un *flash mob*. Minutos después, levantó la vista de la pantalla del móvil para preguntarme si sabía que en la Tasmania del siglo xix el término *flash mob* se había usado para referirse a una red de reclusas que se rebelaron contra el sistema penitenciario (días después, al marcharnos, el hotel nos haría un descuento por esa inesperada disrupción, aunque en ningún momento nos habíamos quejado).

 Mientras yo deshacía la maleta, mi madre se desvistió para darse una ducha y se acercó a la ventana para contemplar las silenciosas e inmóviles figuras de la base naval.

¿Te sabes la dirección del hotel?, preguntó. Siempre conviene memorizar la ubicación del lugar donde te alojas, dijo. Yo no me la sabía. Deberías aprendértela, insistió. ¿Acaso se la había aprendido ella?, pregunté. No. Y de pronto estaba desnuda. Descubrí que su vello púbico había encanecido. Se vistió de nuevo, se fue abajo y volvió a subir. No había dirección. No hay ningún letrero en la fachada, dijo.

La mañana del primer día visitamos la Scuola Grande di San Rocco, donde tuvimos que llamar a la Venezia Emergenza para que auxiliara a un turista suizo que viajaba solo y había perdido el conocimiento tras tropezar y caer de espaldas desde una altura de tan solo tres escalones. La iglesia estaba abarrotada de visitantes, que se inclinaban sobre los espejos de mano que les había repartido una mujer muy bajita y trajeada. Los espejos permitían contemplar el techo, pintado por Tintoretto, sin necesidad de forzar el cuello mirando hacia arriba. El turista suizo estaba observando su espejo, que reflejaba *La caída del maná en el desierto* o *El milagro de la serpiente de bronce*, cuando perdió el equilibrio y se golpeó la cabeza en el rellano mientras nosotras subíamos un tramo de escaleras. Nuestra cercanía al accidente nos hizo sentir responsables de socorrerlo. No había sangre. El espejo no se había roto. El hombre no reaccionaba. Seguía llevando la cámara al cuello. La mujer menuda que había repartido los espejos dijo a voz en grito, primero en italiano y luego en inglés: ¡Hola! ¿Alguien conoce a este hombre? Y luego repitió la pregunta en seis lenguas más:

Ciao! Qualcuno conosce quest'uomo?
Bonjour! Est-ce que quelqu'un connaît cet homme?
¡Hola! ¿Alguien conoce a este hombre?
誰かこの男の人知っていますか
ΧΑΙΡΕΤΕ! ΞΕΡΕΙ ΚΑΝΕΙΣ ΑΥΤΟΝ ΤΟΝ ΑΝΘΡΩΠΟ.
Hallo! Kennst du diesen Mann?

Los demás turistas apartaron fugazmente la vista de sus espejos. Mientras esperábamos al equipo de Emergenza, siguieron subiendo hacia la sala principal, para lo que tuvieron que sortear el cuerpo del hombre accidentado. Una mujer que se parecía a Jane Fonda dijo «Perdón» mientras pasaba por encima de su pecho. Cuando por fin los de emergencias se llevaron al hombre en una camilla de color naranja, nosotras entramos en la capilla. Oímos a un guía decir que en tiempos había albergado una pequeña *Virgen con el Niño* de Giovanni Bellini (1481), pero que alguien había robado el cuadro en 1993 y nunca se había recuperado. La mujer que se parecía a Jane Fonda era, de hecho, Jane Fonda. Posó para una foto con dos gemelas idénticas frente al altar.

La novia me envió un mensaje para recomendarme una tienda de cinturones en la calle de la Mandola. Mi madre quería visitar un *palazzo* lleno de textiles. Yo decidí saltarme el museo y pasar una hora en la habitación de hotel antes de ir a ver *Ernani*, la ópera de Verdi. Hacía más de un año que no escuchaba música en directo.

De vuelta en la habitación, me metí en la ducha.

El champú que había comprado en la farmacia, de la marca Felce Azzurra, olía a extracto de vainilla y el acondicionador olía a ropa limpia, a colonia masculina, a bosque. Un sol radiante llenaba la habitación aunque pasaba de las seis de la tarde. Me senté en la cama, envuelta en la toalla, y miré hacia la base militar: el anfiteatro, la arena, los actores que interpretaban un día de playa con toallas, sandías, aparatos de radio, revistas, perros. Le dije a la novia que había vuelto al hotel y ella me contestó que, cuando nos conocimos, tuvo la impresión de que no me había caído bien. Le dije que me costaba encariñarme con la gente, pero que, cuando lo hacía, era para siempre. Le dije que nunca me había peleado con nadie. Ella replicó que eso era porque evitaba el conflicto. Yo le dije que me desvivía por no herir los sentimientos ajenos, aun a costa de engañarme a mí misma. Me puse una camisa blanca y me senté en la silla junto a la ventana. Dije que me daba un miedo espantoso hacer daño a los demás porque había decidido desde una edad muy temprana que era buena persona. Que nadie me había visto hacer nada malo. Que era inocente como un corderito.

 Me quité la camisa blanca que acababa de ponerme y, sentada en la silla con el brazo estirado hacia el techo, me miré a mí misma en la pantalla. Pensé en los turistas que se precipitan por el borde de acantilados y se matan mientras se hacen fotos a sí mismos en un intento de demostrar que han estado allí, sea donde sea. Y, sin detenerme ni un segundo a pensar en las consecuencias, me hice un selfi y se lo envié como prueba de mi corderil inocencia...

La novia replicó al instante que, en realidad, yo era muy mala. Me envió una foto suya y le dije que ella era peor aún. Llegadas a este punto, ya no había nada que decir. Dejamos de hablar y nos dedicamos a intercambiar imágenes, una tras otra, sin molestarnos en ponerles palabras.

Por entonces, ella llevaba el pelo castaño, del mismo tono que el mío, para otro papel. Era de tez más clara que yo y tenía la piel tan tersa que casi parecía un guante quirúrgico. Estaba en una habitación en penumbra. Solo alcanzaba a verla a ella. Nuestro parecido resultaba ahora más evidente, tanto que, por un instante, pensé que la cámara seguía enfocándome a mí. En Los Ángeles eran las dos de la mañana pasadas. Ella me dijo: ¿Harías algo por mí? Lo hice. Y yo le dije: ¿Me enseñas una cosa? Lo hizo. Ella dijo: ¿Me enseñas una cosa? Lo hice. Y yo le dije: ¿Harías algo por mí? Lo hizo. Y ella dijo: ¿Te importaría? Y lo hice. Me preguntó si ella también podía. Y le dije que tendría que esperar. Ella dijo que me lo había pedido de buenas maneras. Vuelve a pedírmelo, dije. Ella me dijo que la llamara para oír su voz. Dijo que el orden en que sucedían las cosas era importante para ella y quería que eso sucediera de forma simultánea. Y dijo que no podía esperar más. Yo le dije que tenía que esperar. Y entonces marqué su número y pensé que me cobrarían un recargo por esa llamada internacional. Y luego ya no oí nada, hasta que me llegó el ulular de una sirena en Los Ángeles. Y entonces ella me deseó buenas noches en un susurro apenas audible.

Sentada a solas en la silla, intenté conectar ese instante con otro, esa emoción con otra, pero solo me tenía a mí misma en la silla. Y, con nada que resolver o defender, me sentí muy desvalida, lo que dio pie a una súbita y arrolladora sensación de bochorno. Y entonces, como un rayo verde, se abrió paso en mi interior un resplandeciente destello de negación que no podía sostenerse por sí solo. Esto era precisamente lo que el médico me había dicho que evitara. Y luego me invadió una tristeza absoluta que era toda quietud y contención, y centelleaba como el agua en un pozo. Y esa tristeza se me antojó el mayor alivio posible en ese instante.

Cuando mi madre volvió para cambiarse antes de cenar, yo seguía desnuda y me dijo que tenía las mejillas sonrojadas. Yo seguía sentada en la silla. Me dijo que el pelo y la toalla mojados mancharían el tapizado de la silla. Me dijo que, si yo veía a la gente de la calle, ellos también me veían a mí. Me dijo que se había equivocado al comprar las entradas, de modo que no iríamos a la ópera, sino a un concierto de los Niños Cantores de Viena.

Al día siguiente paseamos por los Giardini de la Bienal, entre los pabellones, que estaban cerrados porque era festivo en Italia, aunque el parque en sí estaba abierto. Una lluvia indecisa caía en forma de escupitajos, y los charcos que se habían formado tras la crecida de la noche anterior se habían convertido en masas de agua que separaban el conjunto de edificios que representaban a los distintos países. Mi madre y yo estábamos solas entre todas esas confederaciones levantadas en medio del barrizal. Suiza lindaba con Venezuela, y Rusia tenía enfrente a Alemania, mientras que Japón quedaba a un minuto de Canadá, y Grecia compartía ciprés con Finlandia.

En nuestra penúltima noche observé a mi madre mientras hacía la maleta. Se sentó en el suelo, frente a la gran cortina verde y al ventanal abierto, y enrolló cada prenda de ropa como si fuera una pequeña bala de heno mientras me contaba que quería echar una cabezada antes de cenar. Dejó fuera de la maleta las prendas que pensaba ponerse al día siguiente y las que llevaría en el viaje de vuelta, al otro día por la mañana. Tendió esas prendas sobre la cama. Eran todas de color negro o azul marino. Tres mudas de ropa interior negra. Dos camisas negras. Un jersey azul, otro negro. Un pantalón de lino azul, un pantalón de poliéster negro. Tres camisetas de tirantes negras. Y tres pares de calcetines azules.

Cuando se acostó a dormir la siesta, parecía muy cansada. Su rostro delataba la clase de fatiga que no se cura con el sueño. Yo era la única hija que había tenido. Me senté en la cama a su lado y, sin nada que hacer durante la siguiente hora, decidí reanudar mi paseo virtual partiendo de las mismas coordenadas en que lo había suspendido. Seguía en el bosque, donde tenía que ser verano. Con el siguiente clic, volvía a estar en una carretera nevada con casas valladas y apartadas de la vía. Cliqué para avanzar y de repente me di de bruces con un muro marrón. Sin embargo, al retroceder, vi que en realidad había chocado con una estructura pequeña.

Era un pozo provisto de un cobertizo con tejas y una gran campana plateada que colgaba de una vigueta en lo alto del cerramiento de piedra. Junto al borde había un pequeño letrero con la inscripción WÜNSCHE DIR ETWAS. Era un pozo de los deseos. Solo de verlo, creí oír una campana resonando largamente en la distancia. Mi madre se incorporó de golpe. ¿Qué es eso?, preguntó, como si la campana la hubiese despertado. Se acercó a la ventana.

Justo al otro lado, había un hombre flaco blandiendo una campanilla que alcancé a oír con toda claridad. El hombre gritó: *Arrotino!*, y vimos a un grupo de mujeres formando cola rápidamente. Cada una de ellas sostenía uno o varios cuchillos grandes. El hombre siguió blandiendo la campanilla mientras la milicia formaba junto al canal. Mi madre volvió a la cama y yo me quedé viendo al hombre afilar los cuchillos en su artilugio. Una tras otra, saludó a las mujeres con dos besos en las mejillas.

El sol se estaba poniendo y, en un momento dado, pareció meterse por las bravas en el canal, como un pie demasiado grande en un zapato pequeño, hasta alcanzar los cuchillos, convertidos de pronto en sables de luz. Y, mientras pensaba en la sincronía de esas dos campanas –el repicar de la campanilla, la campana que resonaba en la distancia–, pensé que el silencio no difiere demasiado de un cuchillo de cocina: algo que refleja la luz, que cercena, que es necesario, que pierde el brillo con el paso del tiempo...

Cuando las campanas enmudecieron, oí a mi madre roncando, tocando su propia campanilla al compás de la respiración. Hacía mucho calor en la habitación, de modo que encendí el ventilador blanco, lo dirigí hacia ella y, por un segundo, me sentí como Dios. Para cenar, me puse una camisa roja, algo poco habitual en mí.

Más tarde descubrí que el restaurante estaba íntegramente pintado en ese mismo tono de rojo y, una vez más, pensé en el pintor de campos de color que decía que una mancha roja es menos roja que una pared roja. Compartimos sardinas con polenta blanca, bacalao con polenta amarilla, mejillones y almejas al vapor de jengibre y *fettuccine* con rape. Comimos sin apenas hablar, como una pareja de viejos amantes de esas que uno ve sobre todo cuando viaja y, por la manera en que mueven los ojos por la estancia, logra determinar si el silencio entre ambos es fruto de la comodidad o más bien de la aceptación del fin de algo. Mientras intentábamos decidir qué postre pediríamos, mi madre reunió valor para preguntarme en qué estaba trabajando.

En nuestra última noche, nos vimos atrapadas en una tremenda e intempestiva crecida de las aguas. Nos dijeron que era la segunda inundación más fuerte registrada en Venecia desde 1923. Esos fenómenos tienen nombre propio, *acqua alta*. Antes de la crecida, cogimos un *vaporetto* desde Arsenale hasta Santa Maria para cenar en un pequeño restaurante que solo servía pasta hecha con tinta de calamar. Il Vuoto. Me lo había recomendado la amiga que se había casado en Venecia, pues su padre, que era veneciano, se había criado con el padre del propietario (*il vuoto* significa «el vacío», un guiño al pequeño e insondable agujero que deja en el plato «la pasta más negra que habrás comido nunca»).

El comedor del restaurante, que cuando llegamos estaba lleno, se vació rápidamente y acabamos solas con el maître, que ejercía también de camarero, ayudante de sala y sumiller. Se apoyó sobre la barra con el mando de la tele en la mano y se dedicó a ver en bucle una jugada de fútbol que rebobinaba una y otra vez. El puntito blanco de la pelota cruzaba la pantalla y volvía al pie del jugador. En tiempo real, este corría hacia atrás, pero ahora parecía correr hacia delante para alcanzar la pelota. No había música. Mientras pagábamos, entraron dos parejas de ancianos alemanes con prendas negras de aspecto caro, calados hasta los huesos y gesticulando de forma errática. El camarero los acompañó hasta una mesa y les sirvió cuatro whiskies al momento.

Cuando salimos del restaurante, descubrimos que la callejuela lateral estaba inundada. El agua se me metió por dentro de las botas. Cuando llegamos al primer puente, descubrimos que la marea había subido tanto que los barcos no podían pasar. Según nos acercábamos al Gran Canal, el agua seguía subiendo y las pasarelas ya no se distinguían de los canales pequeños. Nos dimos la mano mientras avanzábamos con una sensación de pánico contenido, vadeando el agua que seguía ascendiendo y ya nos llegaba por los muslos. El muelle del *vaporetto* había quedado sumergido. Caminábamos pegadas a los edificios, siguiendo los letreros azules con flechas blancas que indicaban cómo llegar a la plaza de San Marcos. Nos cruzamos con un hombre que vestía un chaleco naranja fluorescente y llevaba de la correa a un spaniel que iba nadando a su lado.

San Marcos estaba desierta salvo por dos personas plantadas en el extremo opuesto de la plaza. El agua nos llegaba por las caderas y en las terrazas solo los respaldos de las sillas metálicas asomaban por encima del agua. Reinaba una gran quietud. No había viento y no se oía más sonido que un blando chapaleo. La plaza estaba anegada y todo parecía de lo más natural. De hecho, era natural. La luna se reflejaba en la plaza como si fuera una bahía abierta al mar. Nuestro pánico había remitido. Fue entonces cuando empezaron a sonar las sirenas.

Por la mañana, la marea había bajado. La única muerte de la que había constancia era la de un anciano que vivía en Pellestrina, una de las muchas islas de la laguna veneciana, que murió al ser alcanzado por un relámpago mientras usaba una bomba de agua eléctrica. Una vez más me vino a la mente aquella cita de las *Historias*: «Cuando no se halla ninguna causa para acontecimientos como inundaciones, sequías, heladas o incluso descalabros políticos, es de justicia atribuir dichos sucesos al azar». Pero me di cuenta de que no era el azar lo que ocupaba mis pensamientos, sino el hecho de que, si le das muchas vueltas a algo, acabará cobrando sentido para ti, aunque no lo tenga en absoluto: sencillamente te acostumbras a ello. Es lo que pasa cuando te familiarizas con lo absurdo una y otra vez. Y pensé en la libretita de tapas negras que llené con mis días, mis dosis, mis decibelios: el registro, lo absurdo.

La noche anterior, al volver al hotel, habíamos dejado el calzado en la bañera y yo me había lavado la cara mientras mi madre se dedicaba a secar nuestros zapatos de uno en uno con el secador de pelo que había debajo del lavamanos, lo que hizo que la habitación oliera intensamente a bajamar. Después nos metimos en la cama y ella se quedó dormida al instante. Yo no estaba nada cansada.

Desde la habitación a oscuras, le envié un mensaje al cineasta solo para decir hola, con una foto de un *bombolone*, otra de la plaza de San Marcos inundada y otra de dos chavales sacando la lengua mientras pegaban la cara y las palmas de las manos a la luna trasera de un taxi acuático. Le dije que esperaba que estuviera bien y que volvería al día siguiente, pero para entonces él llevaba más de un mes sin contestar a mis mensajes. Me trataba con silencio. Es cierto, pensé: el silencio se reemplaza constantemente a sí mismo.

Y seguí explorando el mapa en el punto donde lo había dejado...

Me descubrí caminando de nuevo en plena canícula por el centro de una de esas autopistas de alta velocidad, a las afueras de Appenzell. Cuando me adentré en el pueblo, distinguí un edificio blanco de planta rectangular, minimalista, ciego y coronado por un reloj negro con un gallo dorado. Eran las cuatro menos cinco de la tarde. El gallo resplandecía y la luz del sol bañaba el valle con rayos que parecían encantados de ser rayos. Y la hierba parecía encantada de ser hierba. Y el verde parecía encantado de ser verde. Y las casas aceptaban su condición de casas, levantadas sobre un paisaje que parecía subir y bajar como un estómago perfecta y plácidamente dormido. Y entonces me topé con una escena que semejaba un cuadro, la clase de lienzo que te coge desprevenido y hace que quieras aferrarte con fuerza a algo de lo que ya te habías desprendido (¿Dónde lo habré metido? ¿Por qué lo daría?). Había un hombre con un rastrillo sobre la hierba y tres niños junto a la réplica en miniatura de un coche rojo y otro niño gateando hacia la luz, hacia una montaña verde, y una bici acostada de lado y un patinete de pie, apoyado sobre una pata de cabra. Y una sombrilla roja y amarilla que se parecía a las que cubren los puestos de perritos calientes en Central Park y Times Square. Y seguí caminando. Seguían siendo las cuatro menos cinco de la tarde. Llegados a ese punto, sabía que me había quitado de encima las capas con las que había empezado, porque en verano, a las cuatro menos cinco de la tarde, el sol todavía calienta de lo lindo. Y pensé en la de meses que habían pasado desde que emprendí ese paseo, nada menos que doce, y en la cantidad de jerséis que llevaba puestos. Pensé que cargaba ese revoltijo de prendas debajo del brazo izquierdo. Y, si me cruzaba con una oveja (¿dónde se habían metido todas las ovejas?), podría devolverle la lana. Tuve la sensación de que acababa de toparme conmigo misma en esa carretera y que ahora intentaba llamar mi propia atención. No había animales a la vista, pero noté que me rodeaba una bandada de pájaros, apenas fuera de mi campo visual. Se celebraban y se cantaban para mí, esos pájaros que ya tenía guardados en mi memoria. Pájaros tropicales, como en los registros sonoros de la selva amazónica que nos habían hecho escuchar en primaria. Cuando se acumulan muchas capas de sonido, crees oír la lluvia en sus cantos, pequeñas melodías que rebotan en el agua. En ese instante sentí que la superficie misma de la vida se me presentaba bajo una nueva luz, más clara y afilada. Que, como si de una roca desprendida se tratara, el silencio había pulido y alisado su cara externa. La carretera negra se desplegó ante mí. Yo quise decir: Eliza, espera, no sigas adelante. ¡Eliza! Pero sabía que ella no podía oírme, y sabía que no se daría la vuelta, y sabía que debía dejar que siguiera su camino y que, tan pronto como la perdiera de vista, tal vez no volviese a verla.

AGRADECIMIENTOS

Doy las gracias a mi agente, Harriet Moore, así como a mi editora, Kendall Storey, por su confianza en este proyecto y por el cuidado, la claridad, la atención y la vida que han volcado en él. Gracias a Kate Zambreno por decir: «Aquí hay un libro», cuando solo era un ensayo de tres páginas y por defender este proyecto contra viento y marea: sin ti, no existiría. Gracias a Leslie Jamison por pensar conmigo y ayudarme a entender lo que pensaba. Gracias a los médicos que me observaron y escucharon tan atentamente: la doctora Vambutas, la doctora Mazza, la doctora Stankovic, la doctora Nickerson, la doctora Dereberry, la doctora Scully y el doctor Lustig. Gracias a Heather Ferguson, que me hipnotizó en una ocasión. Gracias a mis padres, Dale y Michael, por vuestro amor incondicional que ha hecho que todo parezca posible. Gracias a Jack Staffen por las maravillosas comidas sin sal, la música de la vida, los infinitos detalles, la gentileza, el saber escuchar y tantas cosas más. Gracias a Angalis Field por vivir en el presente, por la lectura más meticulosa, las conversaciones más largas, y por hacer las preguntas que nadie más había hecho. Gracias a Emmeline Clein, Tess Michelson, Stacey Streshinsky y Hannah Gold por quedarse en esta habitación conmigo. Gracias a Josie Hodson, Sophie Friedman Pappas, David Finnamore Rossler, Mick Kligler, Nawal Arjini y Sally Rappaport. Gracias a Catherine Lippincott y Eliza Soros, y a Andrew Hale y Stephanie Simon. Gracias a Marty Skoble, Nancy Fales Garrett y Ross Simonini, que tanto me han enseñado. Gracias a Josh Smith y Ross Simonini (de nuevo) por su preciosa conversación, a la que se hace referencia en la «escena de la galería». Gracias a Dike Blair y a Canada Choate y Clemence White de la Karma Gallery, así como a la Fundación Luigi Ghirri y la Matthew Marks Gallery. Gracias a William Basinski por *The Disintegration Loops*, que escuché a diario mientras revisaba este libro. Gracias a la revista *BOMB* por publicar lo que más tarde se convertiría en una pequeña parte de este proyecto. Gracias a Jim Hall, que siempre será mi vecino. Gracias al océano Atlántico, en el que nadé mucho mientras escribía estas páginas. Y gracias a la perrita Keeper, a la que tan bien se le da mostrar su amor.

NOTA DE LA TRADUCTORA

Las traducciones de las citas que aparecen en el libro son mías, salvo las tomadas de las ediciones siguientes:

BARTHES, Roland, *Roland Barthes por Roland Barthes*. Traducción de Alan Pauls. Buenos Aires, Eterna Cadencia, 2018.

CELAN, Paul, «Aureola de cenizas», «Reja de lenguaje» y «Mandorla», en *Obras completas*. Traducción de José Luis Reina Palazón. Madrid, Editorial Trotta, 2022.

DELEUZE, Gilles, y GUATTARI, Félix, *¿Qué es la filosofía?* Traducción de Thomas Kauf. Barcelona, Editorial Anagrama, 2006.

SAINT-EXUPÉRY, Antoine de, *El Principito*. Traducción de Bonifacio del Carril. Madrid, Ediciones Salamandra, 2000.

SEELIG, Carl, *Paseos con Robert Walser*. Traducción de Carlos Fortea. Madrid, Ediciones Siruela, 2000.

WOOLF, Virginia, *Estar enfermo*. Traducción de María Tena. Barcelona, Alba Editorial, 2019.

ÍNDICE

I 13

II 57

III 101

IV 121

Impreso en Talleres Gráficos
Romanyà Valls,
Verdaguer, 1
08786 Capellades